La Casa editrice **Lupi Editore** nasce nel 2015 da un' idea di Jacopo Lupi, ed ha come obiettivo quello di dare voce e visibilità ai giovani autori emergenti, ma non solo. L'obiettivo è quello di dare alla luce libri belli, indimenticabili per i lettori.

Seguici su Facebook   **E su Instagram**

Hai un libro nel cassetto? Non fargli prendere polvere!

Contattaci e inviaci il tuo capolavoro, lo valorizzeremo al meglio!

Mail

lupijacopo@gmail.com

Whatsapp

3452294411

Titolo Originale dell'opera: LA CASA DELLE GALLINE

Autore: GIOVANNINO SERRA

Collana: NARRATIVA

Allestimento Interno: LUPIEDITORE

Copertina: LUPIEDITORE

Un libro è in grado di cambiare il mondo in poche pagine, perché è in grado di cambiare le persone in poche pagine.

Leggi, impara, cresci e migliora la tua vita e il tuo mondo con un libro.

Ma **i libri hanno anche bisogno dei lettori**, senza di loro il libro non esiste.

Aiuta i libri a cambiare il mondo, aiuta chi li scrive a far arrivare la sua voce, aiuta chi li pubblica a far si che questa magia continui.

Se il libro che hai tra le mani ti piacerà regalaci una recensione a 5 stelle, a te costa poco ma per chi scrive e pubblica un libro vuol dire molto. Consiglialo ai tuoi amici, regalalo e fallo conoscere, **donerai alle persone le parole che in quel momento vogliono sentire.**

Se il libro non ti dovesse piacere, non lasciare recensioni negative ma scrivi all'editore cosa non ti è piaciuto e perché, ci aiuterai a migliorare, per cercare di darti sempre il meglio, e inoltre aiuterai l'autore a crescere.

<u>Il mondo cambia grazie a piccoli gesti.</u>

<u>Diventa parte fondamentale insieme a noi di questo grande cambiamento!</u>

Jacopo Lupi Editore

LA CASA DELLE GALLINE

Giovannino Serra

Le galline "normali" sporcano, defecano, ove si trovino, in cortile, nella stia, nei prati per un naturale bisogno animale.

L'arrivo fortuito di Silvio, in una sera piovosa d'inverno, scompone un tantino le loro abitudini esistenziali. Una in particolare: Lucy. Questa invaghendosi del giovanotto innesca una serie di incredibili ed assurde vicende. La signora accoglie Silvio come una chioccia che abbia smarrito un pulcino.

Le sette galline, disposte sopra la mensola attendono l'ora dei Simpson, oppure il caffè, il gelato, l'amaro, non disdegnando le torte ed i pasticcini.

Odorano di lavanda e di elicriso, mutano il colore del piumaggio col cambiamento delle stagioni, senza un motivo, senza un perché. Nessuno può spiegarlo, né Silvio, né la signora Lampis e né Margherita compagna fedele di Silvio.

Le vicende si snodano in un crescendo di misteriosi accadimenti legati alla presenza dei pennuti, in una serie di interventi oscuri e misteriosi il quale permane fino alla conclusione della storia.

Nelle bestiole vi è uno spiccato senso del bene ma il male, insito più nelle persone che negli animali, si rivela a scapito della signora, oggetto di pregiudizi e maldicenze.

Le galline nella loro apparente immobilità, da belle statuine, perse nel loro mondo segreto, danno un valido apporto alla risoluzione di casi intricati. Tessono segretamente fili e trame invisibili. Silvio e Margherita, sconcertati e confusi vengono coinvolti in faccende misteriose, lontane dai loro intendimenti di comune sapere e di comprendonio. Non riescono a dare una spiegazione razionale e plausibile.

Ma bisogna anche che ci si immedesimi in queste particolari vicende e si scopra l'essenza "umana" di questi animali. Fanno delle uova speciali, cantano in occasioni di feste o ricorrenze particolari. Ballano, ascoltano musica classica non tralasciando altri interessi non propriamente "gallinesche". Ma tante altre cose inusuali sono capaci di fare.

Ora, col senno del poi, si potrebbero congetturare delle tesi bizzarre e non nella logica della ragione, ma senza sminuire il significato della vicenda. Lucy, Ele, ecc. calme e tranquille si scompongono solamente quando la signora Lampis ha raggiuntola fine.

Silvio e Margherita, inconsapevoli protagonisti ne fanno buon viso a cattiva sorte o, meglio, si assuefano alle vicissitudini avicole con grande stupore e meraviglia.

Forse che, il mondo reale sia una finzione di cui ci illudiamo sia vera? Tante cose ci appaiono oscure, senza una spiegazione plausibile, ed è ciò che Silvio, Margherita e la signora Lampis si trovano a vivere.

L'AUTORE

Dal 1999 ha iniziato a scrivere, partecipando a diversi concorsi letterari con vari riconoscimenti, ultimo dei quali "Racconti dalla Sardegna", nel quale è stato inserito il racconto "La testa di Macchillotta". Ha pubblicato numerosi romanzi e poesie, collaborando, di tanto in tanto, con testate giornalistiche regionali, tra cui "l'Unione Sarda" e la "Nuova Sardegna". Le opere di Giovannino Serra sono presenti in diverse antologie letterarie, tra cui "Il grande leccio" (Soter editrice, 1999), "Storie, fiabe, miti, riti…" (Edizioni Grafica mediterranea, 1999), "Sinnus, segnali di confine" (Nuove grafiche Puddu, 2005) e "Racconti dalla Sardegna" (Historica edizioni, 2019), nonché in quotidiani e riviste locali e nazionali. Ha pubblicato, "L'occhio strabico del diavolo" (Lampi di stampa, 2009), "Un mistero di mezzo" (Lampi di stampa, 2015), "Racconti senza tempo" (Lampi di stampa), "Verità in sospeso" (Lampi di stampa) e "Il vento del Sinis" (Pedrazzi Editore).

1

La cinquecento rallentò nonostante premessi sull'acceleratore, tossicchiò, sfiatò ed infine il motore si spense. Mi uscì un'imprecazione colorita: cosa rara nel mio vocabolario. Si annunciava una nottataccia.

La pioggia aumentava d'intensità. "Classico", mi dissi, pensando a qualche entità dispettosa. Ma il paese era a poca distanza, s'intravedevano i lampioni avvolti da una luce tenue, come stelle lontane. Più evanescenti e sfocate le case.

Mi ero attardato nello sbarramento del rio sistemando la nassa. Ero partito che il cielo segnava sereno, ma a fine novembre non si poteva stare tranquilli. Il tempo cambiava dalla mattina alla sera. Di anguille nemmeno l'ombra nonostante le insistenti e fitte piogge dei giorni precedenti. Le piene smuovevano dalle tane quei pesci trascinandole alla foce. Ma non mi importava, era un hobby che mi distraeva dalle incombenze d'ufficio e mi ritemprava lo spirito.

Avevo cambiato postazione di pesca ed era la prima volta che mi avventuravo nei canali della golena, la propaggine divisa dal fiume e dagli argini. L'ultima sortita della stagione approssimandosi l'inverno coi suoi rigori. Mi rinfrancava l'umore sapendo poi della primavera e poi l'estate.

Mi spiaceva invece il riordino fondiario fatto anni prima livellando l'acquitrino e sconvolgendo la biodiversità. Una vero scempio! Erano scomparse le fosse di acqua pluviale, le canne, i convolvoli, conigli stanziali, e quasi tutta la fauna ittica. In compenso si erano recuperate vaste aree di terra per un'agricoltura nuova e moderna. E con essa i diserbanti, i pesticidi, i concimi minerali e l'indiscriminato sfruttamento del suolo. Pazienza, mi dissi, era il progresso.

Mi guardai intorno e, oltre alla pioggia scrosciante, il paese ad un tiro di schioppo, dietro i promontori e le risaie mietute in autunno, distinsi la casetta posta sopra un rialzo artificiale. Non mi causava nessun interesse o curiosità. Era lì da prima che si effettuasse il riordino ed era stata risparmiata dall'esproprio e dalla ruspe.

Restaurata e rimodernata appariva un bel villino con tanto di giardino intorno, legnaia e spazio per eventuali animali da cortile. Ora davanti, con la pioggia scrosciante, mi sembrava un sicuro rifugio prima che giungessi in paese. Quasi mi avesse letto nel pensiero, dalla veranda coperta, una donna si sbracciava invitandomi a salire.

Uscii dall'abitacolo e mi avviai titubante, con la sensazione di un'accettazione inopportuna ma spinto, dalla necessità, a trovare un riparo dal fiume di pioggia scrosciante. Giunsi, comunque, inzuppato come un biscotto, gocciolante a guisa di un secchio appena tratto dal pozzo e con l'acqua a metà gamba.

Giunto alla veranda, illuminato dalla lattiginosa luce di un lampione, con non poca sorpresa, riconobbi la donna.

«Signora Lampis!» Sapevo il nome e dove abitava dai dati dell'anagrafe comunale di cui ero il responsabile.

«Oh si, ho capito che era in difficoltà quando ho visto le luci dei fari spegnersi. Pochi sono in giro con questo tempaccio. Si accomodi, ma lei è l'impiegato al comune! Venga, venga. Oddio sembra una fontana. Qui davanti al camino.»

«Solo un attimo signora, non si disturbi, mi occorre solo di un ombrello per raggiungere il paese.»

«Ma scherza? può stare finché vuole, anche fino al mattino. Per quel che mi riguarda, alla mia età, le notti in bianco sono una norma. E poi il temporale avrà fine, come tutte le cose.» Un velo di malinconica tristezza le attraversò il viso.

Nel sedermi sulla poltrona per poco non inciampai su una gallina... una gallina?

«Via Lucy, è sempre tra i piedi. Ma venga, gradisce qualcosa, un bicchiere di vino o un altra bevanda?»

«Si grazie, va bene il vino.»

Modificai l'iniziale stupore per l'animale considerando che ormai adottavano anche maiali, serpenti e tante altre specie e le tenevano in casa come i gatti ed i cani. Era di moda.

«Sa è quello buono, - disse indicando la bevanda con soddisfazione - me lo fornisce un mio amico del paese in cui abitavo prima, io ne bevo un sorso ogni sera, meglio delle medicine. Ma non lo dica in giro, se lo viene a sapere il Dr. Muscas...» Conoscevo il medico, più anziano della signora Lampis, ben voluto in paese. Mi porse il bicchiere con un leggero tremolio delle mani.

«Sono d'accordo con lei signora, alla salute!» La gallina si era avvicinata curiosa e strofinava il becco sopra la scarpa. Mi guardava coi suoi occhi inespressivi, o no? Osservando più attentamente vi notai un bagliore diverso dalle altre ed un battere di ciglia intermittente. Strano. Mi dissi. Ma di stranezze ne avrei visto e vissuto in abbondanza.

«Buona Lucy, fai l'educata, non disturbare il sig. Silvio.» Mi scappò un sorriso e la rassicurai che andava bene così.

«Sa soffre d'insonnia, dorme di giorno e di notte sta sveglia. Come me d'altronde. Dovrò somministrale un sonnifero.» Rimasi allibito. Consideravo la signora Lampis nel pieno delle sue facoltà mentali, forse un po' stravagante, per sentito dire. Ma rimasi serio fingendo di dare poca importanza a quel dettaglio.

«E non disdegna un goccio di vino ed il latte alla mattina. Eh lo so, la sto viziando.» Lo disse come la cosa più naturale al mondo per ... una gallina.

«Ah si... lei è molto premurosa.» Fece un cenno di approvazione. Mi ricredetti e mi convinsi che qualche rotella l'aveva spannata. Dare del vino e del latte ad una gallina! Ho sempre visto mia madre lasciare il becchime e qualche resto dei pranzi e delle cene. Ma lei proseguì imperterrita.

«Invece le altre vanno a letto presto, in silenzio, fino al mattino. Un altro goccio?» Chiese vedendomi imbambolato. Una ridda di pensieri mi passava per la mente talmente confusi ch'era, in quel momento, impossibile metterli in ordine.

«Le altre?» Mi venne spontaneo dirlo dopo un attimo di pausa. Declinai l'invito per il secondo bicchiere. Mi guardò senza sorpresa.

«Ma si Lucy si sentirebbe sola, se no, ma in compagnia è più allegra e ciarliera.» Un po' come lei signora, pensai. Mi riusciva simpatica, però, perfettamente a suo agio nel salottino col pavimento coperto da vecchi tappeti e le pareti di quadri raffiguranti scene contadine. Un nido lindo e pulito. Gli abiti si asciugavano lentamente. Il fuoco del camino infondeva pace e tranquillità.

«A quest'ora staranno dormendo nella stia e, di più, con questa pioggia.» Dissi in un pensiero logico e coerente. Dopotutto tenere una gallina in casa si poteva accettare averne di più era impensabile. Cambiò espressione da allegra a stupita, un po' risentita.

«No per carità! le mie care fuori al vento, al freddo? Mi sentirei un'assassina. Le ho qui e non mi danno nessun fastidio. Guardano alla televisione il cartone dei Simpson e dormono tranquille fino al mattino.»

«Qui, vuole dire con lei giorno e notte?» La signora Lampis si distese in un palese sollievo.

«Ma certo, vede lassù?» Si alzò indicando delle mensole che prima non avevo notato. Ne contai sei più Lucy erano sette. I pennuti dormivano, o almeno così sembrava, spanciati, immobili e allineati in silenzio raccolti nella loro livrea biondissima ed i becchi bianchi.

Mi chiesi se altre volte avevo visto galline bionde. Si ma non di quel colore acceso. Lo sguardo mi cadde su Lucy era uguale alle amiche o sorelle che fossero.

Descrivere la mia meraviglia interamente in pochi secondi era impossibile ma la signora Lampis fece finta di niente.

«Ma ma non sono finte vero?» Riuscì a biascicare. Lei sorrise benevolmente come una nonna davanti al nipotino.

La prima impressione avuta fu di vedere dei giocattoli robotizzati comprati in qualche negozio per bambini.

Toccai, invero palpai Lucy, era vera con piume, penne naturali ed in carne ed ossa. Poi si rivolse alle altre allineate sopra la mensola.

«Ele, Simo, Nora, Mary, Betty, Patty, su su salutate il signore.» Come in un teatrino di varietà, le cui ballerine danzassero, iniziò lo spettacolo. Si alzarono e si mossero ondeggiando lievemente la livrea di piume e proruppero in un: co co co co co continuo e ritmato. Dopo una piacevole riverenza di ali, becco e cresta, rientrarono nella posa iniziale perfettamente allineate.

«Davvero intrigante.» Dissi buttandola là. Che dovevo dire? Era vero, vivevo un sogno?

«Vede come sono ubbidienti? Solo Lucy mi da' da pensare.» La gallina parendo capire gli si avvicinò strusciandosi contro la gonna, poi salì in grembo e si acquietò.

Bevvi d'un fiato il vino rimasto nel bicchiere. Era cessata la pioggia e tra le nuvole apparve una luna stanca e bagnata.

«Temo di aver fatto tardi - dissi - devo andare. E... grazie di tutto.» Mi ero asciugato quanto bastava ad indossare i vestiti. L'orologio a parete segnava un quarto a mezzanotte. Cosi tanto tempo? Mi chiesi.

«Ma si figuri, è stato un piacere, venga quando vuole, ne saranno contente anche loro. Non immagina quanto sono vivaci, ne combinano di tutti i colori. L'anno scorso avevo preparato dei cappottini per l'inverno e dei completini estivi, ma senza successo. Rifiutati decisamente.» Mi alzai e mi diressi alla porta. Ero come ubriaco ma non per il vino bevuto. Mi richiamò.

«Mi scusi che sbadata che sono, dimenticavo, tenga queste.» E mi porse un canestrino colmo di uova.

«Non doveva signora, di nuovo grazie. Per la macchina verrò domani a prenderla.»

«Non si preoccupi, ma... provi a metterla in moto, chissà, a volte fanno i capricci, come noi donne» Lo disse maliziosa ma con una complicità gentile e condiscendente che mi convinse.

La cinquecento partì al primo colpo. Intontito e frastornato dimenticai di suonare il clacson a mo' di saluto.

2

Dormii saporitamente fino alle otto svegliandomi fresco e riposato. La prima cosa che mi venne in mente fu la signora, e a ricordarmelo furono le uova nel frigorifero. Rimuginai sul giorno prima per un po' poi mi avviai in Comune. Il lavoro mi distrasse da altri pensieri fino alla chiusura degli sportelli.

A pranzo frissi due uova al tegamino con un contorno di insalata e delle olive. Sorrisi all'idea di quelle galline sopra la mensola, belle ordinate, biondissime, appena uscite dal parrucchiere. Ero ben sveglio, nel pieno delle mie facoltà mentali e non era un sogno.

E pulite... pulite e... ecco ciò che non ero riuscivo ad afferrare. Non mi era venuto in mente immediatamente prima, il particolare dell'odore e della pulizia.

Le galline sporcano, defecano ogni secondo e mangiano spargendo il becchime all'intorno. Anzi dalla signora si sentiva l'odore dell'elicriso e della lavanda ed ogni minimo angolo era lindo e pulito senza un'ombra di sudiciume.

Impossibile, mi dissi, sette galline sporcano eccome e, di più, in un ambiente chiuso più che all'aperto gli odori sono più pungenti ed opprimenti. Non riuscivo a darmene una spiegazione. O forse la signora Lampis era una maniaca della pulizia e s'impegnava costantemente. Un compito improbo con sette galline in casa.

Ma la cosa più straordinaria e difficile da capire e spiegare era il loro ammaestramento. Al comando della Lampis si erano dispiegate nel ballo e nella riverenza. Roba da matti! E per gli animali da circo non era lo stesso?

Mi convinsi che poteva darsi, che poteva essere e poteva, altresì, rientrare in una normalità seppure straordinaria ed incredibile.

Andai al lavoro con una sorta di divertita e preoccupante opinione sulla signora Lampis e le sue galline.

Ognuno è libero di fare ciò che vuole nella propria casa, pensai, di convivere con altri animali delle diverse specie.

Peggio era avere un serpente, e uccellini in gabbia: ciò che non avevo mai concepito e approvato. E le galline erano costrette a vivere al chiuso? No pensavo proprio di no conoscendo la signora Lampis. Ma gli e lo avrei chiesto.

Ci sarei andato per restituirle il canestrino intrecciato magistralmente, sicuramente di pregevole fattura manuale.

Vivevo in una casa incassata tra due altre ma calda e accogliente. Dopo la morte dei miei, essendo figlio unico, l'avevo ereditata.

A trentotto anni non pensavo più di legarmi con una donna, dopo la frenesia dei venti e l'esperienza con una filippina. Shao, sparita di punto in bianco, lasciandomi come un baccalà appeso alla trave. Si le volevo un gran bene, sinceramente, e ci andavo d'accordo e d'amore.

La relazione durò all'incirca tre anni senza dissapori, prima di mettermi con Margherita, separata ed una figlia. Quest'ultima si era sposata da poco con un valente imprenditore. Due anni dopo decisero ch'era tempo di mettere al mondo un figlio Inutilmente si prodigarono in tutti i modi senza venirne a capo. Le analisi svelarono che lei era sterile, irrimediabilmente. Uno shock che li aveva condotti sull'orlo della separazione. Prevalse l'amore, e ripiegarono su una possibile e fattiva adozione.

Margherita lavorava dirimpetto all'ufficio di ragioneria. Ci eravamo messi insieme per scacciare il tedio e la solitudine delle sere ed i vuoti esistenziali. L'inizio sfociava in sfrenate congiunzioni carnali, poi a poco a poco nacque l'amore.

«Sai ieri ho fatto conoscenza con la signora Lampis, quella che sta poco fuori paese.» le dissi per intavolare un discorso.

«Si la conosco, un po' tocca.» Non le dissi delle galline, né della loro strana particolarità e né che dormissero in casa sopra ad una mensola, e della più che perfetta pulizia della casa. Elogiai invece la gentilezza e l'ospitalità nell'avermi accolto in casa reduce dal fortunale.

La mattinata fu lunga e noiosa in un tran tran come poteva essere in un piccolo paese con meno di cinquecento abitanti. Le vie assolate e deserte inducevano a rilassanti dormite ma anche ad una noia spettrale. Nella brutta stagione tale senso di abbandono spiccava maggiormente con le giornate più corte e piovose.

«Hai impegni stasera?»

«Si, viene mia sorella dal continente e vado a prenderla alla stazione.» Mi limitai ad un ok deluso ripromettendomi di restituire il canestrino alla signora Lampis a data da destinarsi. Avevo pensato di andarci con lei assaporando la sua sorpresa per quelle particolari galline.

A pranzo feci due uova alla coca, un po' d'insalata e l'immancabile bicchiere di vino. Non ero stanco e né stressato e guardavo la televisione.

Non so come mi rilassai calandomi in un sonno pesante, privo di sogni. Mi svegliai, con mio grande stupore quando calavano già le prime ombre. Come poteva essere? Non era da me dormire un intero pomeriggio. Di solito bastava una pennichella di un quarto d'ora. E non per tutti i giorni della settimana. Il sole ancora alto all'orizzonte accrebbe la mia impazienza nella prospettiva di una serata all'insegna della noia.

Rammentai il canestrino e la signora Lampis. Andare, non andare? Il dilemma non si poneva nell'immediato, avrei potuto rimandare senza nessun problema. Ma dovevo riempire il vuoto che si profilava fino all'ora di cena e poi uno snervante intrattenimento sulla visione di un film alla televisione, visto e stravisto.

Decisi deciso di recarmi da lei. Il tempo si era rimesso al bello con un cielo azzurro su cui si ritagliavano poche nubi smosse dal vento.

Invece che in macchina optai per una passeggiata, mi avrebbe svegliato del tutto e rimesso in moto il metabolismo. Presi il canestrino posto accanto ad una vecchia tombola in cui giocai l'ultima volta a Natale con un mio lontano cugino e i due figli minori.

La casetta all'imbrunire, illuminata dalle tenui luci dei faretti alogeni, sembrava sospesa nel vuoto. Vista di giorno appariva un quadro dipinto a mano. Mi conquistarono l'ordine e la cura riposta nell'insieme con le belle tendine di pizzo alle finestre, le aiuole curate, e la canna fumaria da cui saliva un filo di fumo e le tegole rosse del tetto.

La signora si dondolava sopra una sdraio, nella veranda, con le galline intorno.

Parlava sommessamente in un tono suadente, gentile, accattivante come una maestra coi suoi alunni. I pennuti stavano attenti, rapiti dalle sue parole.

Non si accorse subito della mia presenza e non volli disturbarla. Fu Lucy a distogliere l'attenzione della signora verso le altre.

«Oh mi scusi, sa sono vecchia ormai e gli ingranaggi si stanno arrugginendo.» Sorrisi.

«Non si preoccupi, caso mai sono io a scusarmi data l'ora...» M'interruppe.

«No no, venga, venga, ho terminato e le signore, rivolgendosi alle galline, andranno a dormire. Sa dopo la passeggiata si sentono stanche ma è salutare, mi creda.» Crebbe il mio sbalordimento.

In fila indiana, a passo da parata militaresca, si avviarono salendo sulla mensola ponendosi ordinatamente in posa.

«Le ho riportato il canestrino.» Dissi quasi balbettando.

«Oh lo poteva tenere, anzi lo riempio di nuovo e... a proposito le uova sono state di suo gradimento?»

«Buonissime, un sapore che non ricordavo dai tempi ch'ero bambino. Ho dormito per l'intero pomeriggio tutto di fila. Era da tempo che non capitava.» Ridacchiò come se volesse aggiungere altro.

«Ne sono felice.» Inaspettatamente Lucy mi si avvicinò fissandomi intensamente. Mi girò intorno e saltò sopra le ginocchia accoccolandosi a cova. La Lampis si adombrò ed avanzò indisponente verso il pennuto redarguendolo bonariamente.

«Lucy ti sembra il modo di fare davanti al signore? Scendi immediatamente e riprendi il tuo posto.» L'animale pigolò sommessamente quasi una supplica od una preghiera.

«Ma no non mi disturba signora, è morbida come un cuscino di... piume.» Lei sorrise all'allegoria. Mi porse il caffè e fece per ritirarlo.

«Mi scusi ho dimenticato lo zucchero, un attimo solo.» La fermai e ripresi la tazzina.

«No no va bene così lo bevo amaro per via della pressione e un po' di colesterolo.»

Lucy guardava bramosa. Me ne accorsi. Gli misi il cucchiaino sotto il becco e bevve a piccoli sorsi.

«Oddio, che maleducata!» Esclamò la signora visibilmente sorpresa.

«Come vede abbiamo gli stessi gusti.» Non fece a meno di sorridere contenta e compiacente.

«Ora devo andare.» Dissi per liberarmi dal pennuto non osando farlo direttamente per non sembrare indisponente.

Lei le posò delicatamente le mani sul dorso e si sentì beccare più volte.

«Ohibò! - esclamo ritraendole - che hai screanzata?» Lucy saltò giù e si mise a lato fissandomi insistentemente. Alzandomi per il commiato mi seguì fino alla porta.

«Mi spiace signor Silvio, non capisco che le succede, di solito sono calme e tranquille.» La rassicurai.

«Non si preoccupi, a volte sono imprevedibili. La ringrazio nuovamente per le uova» E feci l'atto di uscire. La gallina, con un gran sbattere di ali, si rintanò dentro una cassettiera.

«Spero di rivederla, se ha bisogno di uova venga senza nessuna reticenza. La porta, per lei, è sempre aperta.»

La trapunta di stelle illuminava la terra. Salutai. Una grande luna sorgeva sorniona dai monti lontani.

Tre giorni dopo Margherita accettò l'invito a cena e, dato che si era di sabato avevamo a disposizione la libertà domenicale.

Per forza di cose e contingenti motivi, nel tempo di scapolo, ero diventato un discreto cuoco.

Preparai un piatto di spaghetti all'arrabbiata, uova (della signora) in camicia, un contorno di patate al forno ed il vino. Durante il pranzo si parlò del più e del meno, maggiormente del lavoro e, soprattutto, dell'applicazione di nuove leggi e regolamenti inerenti le nostre mansioni.

«Una delizia le uova.» Disse quasi alla fine del pasto. Concordai e così l'argomento cadde sulla signora Lampis. Ero restio a raccontarle i fatti poi mi decisi ch'era meglio dividere con qualcuno i dubbi e le ragioni.

Rimase perplessa e, su ciò, ne ero sicuro.

«Addomesticate, come in un circo.» Mi guardava dubitando, forse, di avere inventato la storia o ne avessi aggiunto di mio. A prova gli indicai le uova.

«Beh se non mi credi vai di persona» Lo dissi per fugargli ogni perplessità. Parve convinta. Lasciammo l'argomento in sospeso e guardammo la televisione.

Data l'ora tarda, decise che avrebbe dormito in casa. Fu una notte d'amore come poche altre nella mia vita. Appagati e contenti ci dondolavamo in una rilassante apatia. Ma sentivo dentro qualcosa di indefinibile, una strana forza che imputai al cibo e, principalmente, al buon bicchiere di vino.

L'orologio a parete segnava mezzodì e Margherita dormiva con un sorriso di beatitudine. "Che abbia visto gli angeli" pensai. Mi sentivo in un brodo di giuggiole e avrei voluto stare accanto a lei per l'eternità. A sognare! E ricordavo benissimo il sogno. Vagavo nell'immensità di un cielo azzurro avvolto da una melodiosa sinfonia di cherubini tra arpe e i violini.

Dopo mi trovai in un bosco ove correvano spensierati caprioli, agnelli e scoiattoli. Tra i rami degli arbusti fioriti, ristavano tortore, usignoli ed altri uccelli in girotondi intonando dei cori che riempivano il cuore di sensazioni sublimi. Poi, leggero e felice mi trovai in un'oasi ove scorrevano limpidi ruscelli di acqua cristallina, ed immergevo i piedi nella corrente ed ogni fibra del mio essere si saturava di pace e serenità.

Peccato! Ma i sogni muoiono all'alba come il titolo di un film o di un libro.

Preparai la colazione ma sarebbe stato meglio dire "il pranzo", data la tarda ora.

«Non ci posso credere!» Margherita apparve in pigiama ed era una bella donna, lontana dalla sfioritura. Un sogno bellissimo! Iniziò. Anche lei.

Allora il vino era davvero buono.

«Ero in groppa...»

«Ad un cavallo bianco col principe azzurro...» M'interruppe.

«Ma no una Ferrari ultima serie, nuova fiammante. Come cambiano i tempi, pensai. Anche i sogni si adeguano alla modernità ed al progresso. E non si contentano più di una utilitaria. Sfrecciava, riprese, su un litorale lunghissimo costeggiato da un viale di palme ed il mare punteggiato da vele bianche ove volteggiavano gabbiani in amore.» Si dilungò sulle bellezze del posto, alberghi, bungalow, donne bellissime e, soprattutto, l'autista della Ferrari.

«Ero io, sicuramente.» E risi divertito. Mi guardò di straforo tra il serio e il faceto.

«Hai presente Richard Gere in Pretty Woman? Cento volte più bello e intrigante. Peccato! Un attimo prima che mi baciasse , plof, mi sono svegliata.» Gli raccontai del mio sogno e, dopo un po', amicò alle uova.

«Che sia stato..» Potrebbe, considerai, o l'arrabbiata?

«Il vino, è più probabile.» Optammo per la bevanda, ma quel sogno avrei voluto che si ripetesse ogni notte.   Idem per Margherita.

Si congedò con un brillio soddisfatto negli occhi. Mi sdraiai rilassato, come non lo ero da anni, in una sorta di pace ancestrale, senza capirne il motivo. Proposi di recarci a S'Archittu, ove si poteva godere di un paesaggio meraviglioso fosse il mare in burrasca o in bonaccia.

Cosa volevo di più dalla vita? Mi chiesi seduto al bar di Compar Orso. In effetti il proprietario, grosso, panciuto, pacato, dal passo tranquillo, d'estate e d'inverno coi pantaloni a mezza gamba, rispecchiava appieno l'omonimo personaggio dei fumetti.

Vicino al parcheggio del bar vidi in un cortile delle galline razzolanti il terreno. Per associazione di idee mi vennero in mente quelle della signora Lampis. Che differenza! Mi resi conto dell'assurdità della cosa. In quella casa erano linde, pulite, obbedienti e ad una data ora andavano a cuccia...

Scacciai quei pensieri davanti al bicchiere di Batida de Coco quando squillò il cellulare. Il numero mi era sconosciuto e pensai fosse della pubblicità gratuita. Notai che chiamava da un telefono fisso. Un torrente di parole m'investì prima che avessi il tempo di un "pronto".

«Signor Silvio sono disperata, imbarazzata, non so cosa fare, le ho tentate davvero tutte ma inutilmente, dovrebbe venire... scusi il disturbo.» Sentivo dalla voce affannata qualcosa di serio. Poi riprese.

«Si tratta di Lucy... sta male, non mangia, non fa le uova, ha smesso di guardare i Simpson, ha lo sguardo perso, lontano, ed è sempre sul divano nel punto esatto in cui lei si è seduto. Credo... credo sia innamorata.» Mi scappò una risata squillante, spontanea.

«Ma non dica sciocchezze, una gallina innamorata! Roba da favola per i bambini.» Trascorse un silenzio più o meno lungo poi risentì la sua voce come il lamento di un moribondo.

«La prego, so che può sembrare infantile ma voglio bene a Lucy, venga la prego ne va della sua vita. Si è estraniata dal mondo e credo voglia morire.» Divenni serio palesemente impressionato.

«Le va bene verso le diciassette, prima ho degli impegni.» Non era vero volevo solo godermi la Batida ed il panorama marino dal terrazzo di Compar Orso.

Assurdo pensai, una gallina innamorata, con quel cervello che si ritrovano poi. Pagai il conto e mi avviai alla cinquecento ridacchiando e mormorando tra me e me, incurante degli sguardi curiosi della gente.

Solo alle galline potevo interessare? Che stessi diventando, inconsapevolmente un gallo? Margherita rise e confermò che, sicuramente, lo ero.

4

Appena arrivai a casa uscii in cortile per la solita razione a Ginger, un gatto randagio tigrato che, puntualmente, a quell'ora, stazionava sopra la legnaia. Mi soffermai a guardarlo e fui contento nel vederlo in carne e con la pelliccia immacolata. Parve scocciato per il ritardo che, in effetti, era di qualche minuto. Mosse la coda più volte e volte la testa di lato al tentativo di accarezzarlo.

"Ingrato" pensai. Si mise a mangiare voracemente come fosse a digiuno da mesi poi, soddisfatto, scomparve dietro la catasta. Capii. Aveva da pensare e da accudire. Si era fatta la morosa, probabilmente con July la gatta del vicino. Ma in quanto a prole... avrebbe concluso un bel niente: era sterilizzata. Mi dava fastidio ma ritenevo accettabile data la numerosa prolificazione di gatti randagi. La natura ha i suoi problemi al pari di noi. Mi dissi. Guardai l'orologio.

Alle diciassette mancava un quarto d'ora e non volevo mancare all'appuntamento. Mi attirava la curiosità, il sapere di più sulle motivazioni della sua gallina innamorata.

Una voce mi sussurrò che stavo vivendo una storia assurda, incredibile e allo stesso tempo intrigante. Giunsi, come al solito, all'imbrunire, quando il sole era calato dietro i canneti di Su Cuccuru, un tratto paludoso del fiume.

La signora mi aprì la porta, sicuramente vedendomi arrivare e, sussiegosa ma preoccupata, mi fece accomodare nel salotto. Ostentava un passo nervoso, forse preoccupata per Lucy.

Le galline sopra un ampio comò guardavano intente la televisione. Trasmetteva la saga dei Simpson. Non si scomposero, ne' accennarono ad alcun movimento quando entrai e mi tolsi il giubbotto.

«Ecco è là, la vede...» Senza che finisse la frase Lucy balzò dalla poltrona e, con un breve sbatter d'ali, mi fu sopra la spalla.

Rimasi basito, e lasciai che mi strofinasse il becco sul collo e sulla faccia. Mi causava prurito e la scostai lievemente. Come ricordandosi all'improvviso di qualcosa salì sopra il tavolo e prese a beccare dei biscotti inzuppati di latte e bere l'acqua minerale dalla ciotola.

«E' la più viziata di tutte - conclamò la signora - vuole la pasta al forno solo col ragù senza besciamella, la carbonara senza pepe ed il caffè ben zuccherato.» "Alla faccia, pensai, ma quanto gli viene a costare?" Quasi m'avesse letto il pensiero rispose gaia, sorridendo.

«Sa sono ghiotte di polenta al burro che non mi costa poi così tanto.»

Considerai ch'era come avere un pensionante.

«La più obbediente è Nora, mai un capriccio, sempre attenta, e canta senza stonare. Ele è molto eccentrica, si atteggia a gran signora e si cura le piume minuziosamente al mattino e alla sera. Simo è la capo-gruppo, consiglia le altre, da' disposizioni come un comandante consolidato. Di Betty che dire? Né carne e né pesce, nel senso che ascolta pazientemente ed è sempre d'accordo. Patty è una ballerina provetta, mi delizia ogni volta; sembra che sia alla Scala. A Mary, invece, piace imitare. Forse per i film che vede in televisione. Ma mi creda è un vero spasso.» Mi venne spontanea e naturale domanda.

«Ma come le riconosce l'un l'altra.» Sorrise sorniona.

«Venga. Ora le mostro.» Chiamò i pennuti che si mossero all'unisono in fila indiana disponendosi frontalmente ognuna col piede destro proteso.

«Vede l'unghia al secondo dito?» Su quella di Ele spiccava un segno verde. Simo variava al nero, Nora al giallo, Betty al marrone, Su Patty brillava l'argento, Su Mary un rosso acceso. Guardai Lucy e notai una linea celeste. Accennai alla signora compiaciuto e sbalordito. Le galline si ritirarono ordinatamente e ripresero il posto sopra la mensola. Non era finita. Nora uscì dal gruppo seguita da Patty. Le altre assunsero un atteggiamento di vigile attesa.

Sventolò le ali in un moto di riverenza, alzò il capo all'insù mentre Patty si disponeva pronta in punta di piedi. Nell'aria si levò un canto di provato ed esperto tenore, seguito dai gorgheggi, passaggi, pause studiate, abbassamenti e repentini rialzi. Patty volteggiava leggera sollevandosi in aria e ricadendo dolcemente in sintonia col canto di Nora. Il canto usciva dall'ugola delle galline con sublimi coccodè e susseguenti strilli. In tutto simili a quelli umani. Infine si ritirarono con un inchino di capo e di ali.

Non fu il tempo più o meno lungo a distogliermi da quell'incanto ma lo stordimento di qualcosa che trascendeva il mio capire e sapere.

La signora sorrideva senza malizia pienamente soddisfatta dell'esecuzione canora.

«Mi creda senza di loro sarei morta da tempo. Alleviano la vecchiaia e scacciano noia ed apprensioni.» Annuii sentendomi addosso una sensazione strana di gioia e di appagamento interiore.

Le galline con un lieve pigolio si adagiarono sopra la mensola, chiusero gli occhi, raccolsero le ali e dormirono.

Solo Lucy, terminato il pasto, si accoccolò sulla mia spalla, ormai posto fisso ed irrinunciabile.

La signora, mentre mi offriva del vino, cambiò espressione. Diventò seria, cupa, come soffrendo per un immenso dolore.

Rimase in silenzio guardandomi con un malcelato senso di supplica.

Lucy si era appisolata e non accennava a scendere dalla spalla, né la signora interveniva in proposito. Il disagio, sia mio che suo, si poteva tagliare a fette. Non sapevo, o non osavo, dire qualcosa. Trascorse qualche minuto in un silenzio totale ed infine sbottai.

«Ecco...» M'interruppe sentitamente, quasi sul punto di piangere.

«No, mi perdoni signor Silvio, non so come dirglielo, mi sento in imbarazzo, Lucy è molto sensibile, ne morirebbe se...» Scoppiò in lacrime nascondendosi il volto tra le mani.

«Non capisco signora...» Ma forse capivo e non volevo accettare la realtà.

Lei si scosse decisa senza mostrare segni di titubanza.

«Deve portare Lucy con lei, a casa sua.» L'avevo intuito ma non ci volevo credere e non riuscivo a capacitarmi.

«Non ne so niente di galline né cosa dovrei fare. Sono del tutto impreparato.» Mi resi conto ch'era una scusa patetica e debole.

Sorrise condiscendente evidentemente sollevata. Capiva, dal tono di voce, che avevo alzato bandiera bianca.

«Oh non si preoccupi di qualunque cosa avesse bisogno io ci sarò. Provvederò a tutte le spese nella cooperativa, per Lucy e per lei.» E prima che potessi ribattere continuò.

«E' buona, ubbidiente, non le darà nessun fastidio, naturalmente ha i suoi orari che le elencherò senza crearle alcun problema. Oh non pensi che siano tanti, solo l'ora della televisione e l'ora del pasto. Sa usare il telecomando col becco, ma vedrà lei stesso. Può dormire in qualunque punto della casa, e non sporca.»

Volli chiederle di quest'ultimo particolare ma vi rinunciai. In seguito avrei avuto modo di scoprirlo, almeno così credevo.

La gallina ascoltava interessata muovendo appena il capo e agitando la cresta. Era un'impressione. Ma ne ebbi la certezza quando accettai la proposta della padrona.

Prese a starnazzare scompostamente ebbra di gioia. Mi saltava dalla spalla destra a quella sinistra, scendeva a terra girandomi intorno con una riverenza di ali e piume incorporate.

Infine si posizionò davanti alla porta, in attesa.

Mi scappò un sorriso. Intanto la signora Lampis aveva approntata una gabbietta nella quale Lucy si rifugiò spontaneamente.

«E questo è per le provviste.» Pose un sacchetto accanto alla gabbia. Più che sorpreso ero stordito, non riuscivo a controbattere la decisione della signora.

Come inebetito, e lo ero davvero, sistemai il tutto nella cinquecento.

Lucy, appena libera, girovagò per la casa come se ci fosse stata da sempre. Ispezionò la cucina, il bagno, e la camera dove dormivo.

Si sistemò a capo del letto matrimoniale con evidente soddisfazione. Che dovevo pensare? che fare? Queste ed altre cento domande mi si accavallavano in testa.

Non avevo mai avuto a che dare con quei pennuti. Ricordavo quelle di casa fino alla prima elementare, poi sempre gatti ed un cagnolino. Ed erano normali, allevate in cortile. Mangiavano la crusca, il grano ed altri cereali, qualche volta, quando avanzava, il brodo con la minestra e la zuppa di pane.

Defecavano, sporcavano, razzolavano la terra in cerca di vermi e si beccavano l'un l'altra. Comportamenti usuali per le galline. Ma questa...

Dopo due giorni nei quali alternavo casa-lavoro-negozio constatai piacevolmente e con sollievo che Lucy non mi creava nessun problema. La signora era stata sincera.

Era come se non esistesse: gli bastava che fossi presente. Girava da un punto all'altro della casa come se ci avesse sempre vissuto.

Fortunatamente avevo due televisioni e non interferiva sulle mie preferenze ai programmi. Lei nella camera da letto ed io nel salone.

Più che altro erano orari diversi e quando rientravo la sera lei era già appollaiata sulla mensolina, in cucina. La mattina lasciavo la ciotola col cibo dietro il lavandino. All'ora del pranzo e della cena mangiava con me o, meglio beccava, discretamente, i pasti.

Prendeva il caffè e non disdegnava un goccio di vino e l'amaro. Due giorni dopo, nel giaciglio ove dormiva, ebbi la piacevole sorpresa di un uovo bianco come la neve.

Non ero ancora riuscito a scoprire se defecava o meno e, quel che più mi stupiva, era l'assoluta pulizia del piumaggio ed il resto del corpo. Conseguentemente nessun odore, solo quelli gradevoli della lavanda e dell'elicriso. Gli stessi sentiti nella casa della signora Lampis.

Col passare del tempo si rivelò una compagnia divertente e straordinaria. Mi rilassava coi suoi modi di fare, e mi ci stavo abituando piacevolmente.

Oltre che con Margherita non avevo fatto parola con chicchessia.

La sera trovai ad aspettarmi sull'uscio Ginger, il tigrato randagio. Magro e spossato muoveva a fatica le gambe. Fiutava la soglia con diffidenza e si guardava prudentemente intorno. Mi ricordai che avevo dimenticato di riempire le ciotole del cibo e dell'acqua.

Dopo un pasto abbondante si adagiò su un divanetto approntato apposta per lui e cadde in un sonno pesante. Recuperava così le forze e poi spariva altrettanto misteriosamente.

Stranamente la sera rimase in casa fiutando l'aria come un cane alla susta. Sentiva la presenza di Lucy.

"Che sciocco, scusami Ginger", dissi a voce alta. Non si mosse, e vide la gallina. Si drizzò in posizione di attacco col pelo irto e la coda allungata, soffiandogli contro. Poi scappò miagolando desolatamente e scomparve tra una catasta di legna ed un muro. Non lo vidi per più di un mese.

Quando riapparve s'insediò di prepotenza sul divano ove guardavo la televisione e prendevo il caffè. Non fece nulla, non si scompose nemmeno quando Lucy le si avvicinò.

Rimasi in guardia temendo una zuffa tra i due. Non mosse nemmeno un pelo e poi si addormentò fino al mattino.

5

«Non c'era nessuno, la porta aperta e le luci accese.» M'informò Margherita la sera. Raccontò tutti i particolari della sua opinabile sortita.

Sentivo come un dovere - spiegò - recarmi dalla signora: per mera curiosità, devo dirlo sinceramente. Niente di male pensai. Non avevo nulla da fare e i pomeriggi sono lunghi e noiosi in questa stagione.

Quando giunsi era da poco calato il buio e, vedendo la casa illuminata, non ebbi alcun dubbio per la sua assenza. Spinsi la porta ed entrai in un silenzio totale.

Né ronzio di televisione, né della lavatrice o di altri apparecchi d'uso domestico. Ispezionai, o meglio, mi aggirai un po' sconcertata per le camere, il bagno e la cucina.

Nessuno rispose ai miei richiami, al rumore dei passi fino a quando capitai in una porticina che pensavo fosse uno sgabuzzino per attrezzi di pulizia. Era aperta e, con un po' di timore varcai la soglia. Accesi la luce ch'era fioca e appannata, camminai per qualche minuto fino ad una porta che dava all'esterno. Era chiusa, sbarrata.

A quel punto avevo paura. Tornai indietro sentendo delle voci lontane. Raggiunsi velocemente la strada e rientrai a casa.»

Rimase in silenzio, in una tacita ammissione di colpa. Non dissi nulla per la sua avventatezza, sviai e chiesi delle galline.

«Nessun animale - confermò - solo l'impressione di qualcosa di oscuro, di mistero, che non saprei spiegare.»

«Capisco.» riuscì a dire. Ma non capivo affatto. Gli raccontai di Lucy.

«E' nella cameretta guardando la televisione» Uno sfuggevole sorriso di dubbiosa ironia gli si dipinse in viso. E ne aveva ben donde! E di più ne accrebbe la convinzione quando varcò la soglia. La cameretta era vuota e la televisione spenta. Mi scappò una parola scurrile.

Rovistai dappertutto, ove ci potesse essere un potenziale nascondiglio. In ultimo cercai nel cortile. Inutilmente. Lucy sparita.

«Non è successo nulla - iniziò comprensiva - cose che capitano ai vivi, ora riposati, mangia, bevi e, se domani, sei ancora indisposto penserò io a giustificare l'assenza in ufficio. D'accordo?» Annuì meccanicamente.

Chiusi la porta e cascai letteralmente sulla poltrona. Mi sentivo svuotato e preso in giro... dalle galline.

Non saprei dire quanto dormii, me ne accorsi solo quando vidi l'orologio a parete: mezzanotte e avevo fame. Mi restavano due uova e le feci alla coca.

Ormai il sonno se n'era andato ed aspettai l'alba ascoltando nel vecchio apparecchio canzoni di Bob Dylan e dei Queen. Amavo ancora i dischi a vinile.

Poco prima dell'alba un rumore alla finestra attrasse la mia attenzione. Nell'aprirla Lucy saltò sul mobile di cucina posizionandosi nel divanetto.

«Bentornata cara!» Le dissi ironicamente ma sollevato e rincuorato che non si fosse smarrita o, forse, di peggio. Mi ci stavo affezionando... e rimbambendo.

In ufficio non feci parola con Margherita e mi limitai a discorrere solo sulle cose d'ufficio. Ma ci pensavo eccome! Dove era stata Lucy e perché era scomparsa contemporaneamente alle altre in casa della signora Lampis?

Basta mi dissi, era inutile scervellarmi in quel modo senza approdare a nulla. Col tempo forse...

Al pomeriggio andai alla ricevitoria di Pasquale posta nella piazza al centro dell'abitato. A quell'ora era animata di anziani a godersi il primo sole, e macchine e biciclette percorrevano la via principale.

Presi i moduli con l'intenzione di compilarli a casa, con calma e tranquillità. L'estrazione, tanto, era per l'indomani. Passai al bar "Da Mario" per un cicchetto offerto "tutto pagato" da Ninetto la Cicca. Solo per avergli compilato il modulo di esenzione ticket. Non si confaceva coi miei principi. Mi gratificava di più un grazie sincero che un bicchiere di vino offerto gratis et amore per un favore che ritenevo tale e nient'altro.

Ma il punto cruciale consisteva che, come Ninetto, ve n'erano altri che esternavano la riconoscenza in quel modo. Se le avessi accettate in gruppo sarei dovuto rientrare a casa a quattro piedi o rotolando nella discesa.

Lucy si beava guardando i Simpson, ormai sapeva maneggiare il telecomando come un provetto antennista. Bene, mi dissi, non mi creava particolari problemi, anzi nessuno a parte la scappatella del giorno prima.

Ora nella pace del dopo pranzo mi accingevo a compilare le schedine del super enalotto.

Da dieci anni me la giocavo settimanalmente il giovedì, con una somma irrisoria rispetto a quanti spendevano una fortuna.

Non ero dipendente di nessun gioco ma sognavo il colpo grosso, come tutti s'intende. Da potenziale vincitore sognavo ad occhi aperti. Villa al mare, in montagna, fuoriserie, lasciare il lavoro e godermi interminabili weekend romantici al calar del sole nei litorali di mezzo mondo.

Riflettevo sui numeri da riportare nella schedina attenendomi, a volte, su date di nascita, di morte, o ricorrenze. Ma il più delle volte facevo a casaccio. La vincita più importante erano stati due tre l'equivalente di due pranzi al ristorante. Ma con quel che avevo speso in tanti anni sarebbe bastato a comprarmi una macchina nuova.

Me ne lamentavo, scherzosamente, con Pasquale il quale sorrideva sornione e asseriva che "i vincitori avevano giocato il tagliando". Potrebbe sembrare una filosofia a buon mercato ma era una verità inconfutabile. E ribattevo che ai "gratta e vinci" si doveva modificare la dicitura in "gratta e perdi", almeno per me.

Il pigolio di Lucy attrasse la mia attenzione mentre ero in procinto di segnare i numeri. Dalla mensola si pose accanto alla vecchia tombola. Lo sguardo andava su di essa e me. Voleva comunicarmi qualcosa. Capì. Presi la tombola e la posai sul tavolo. La gallina si posizionò sul numero 5. Lo segnai sul modulo. Così fece per altri quattro. Ne mancava uno. Si staccò dalla tombola, riprese il solito posto, nascose il capo sotto l'ala e si addormentò.

Vabbé, mi dissi rassegnato. Completai la colonna con l'82. Con un sistemino avrei avuto più probabilità di vincita ma non volevo spendere più di quanto mi ero prefisso. Se sei fortunato vinci ugualmente qualunque sia la giocata. Un detto comune più che una certezza.

All'apertura dei "Sali e tabacchi", convalidai la schedina sempre con la convinzione del colpo grosso, subitamente ricacciata dalla previsione del "nulla di fatto". La speranza è l'ultima a morire.

Sarei stato contento anche di un due. Mi avrebbe ripagato della giocata.

La sera dopo, sdraiato in poltrona, con un prosecco davanti e la televisione accesa verificai i numeri tra quelli usciti e quelli giocati. Ebbi un sussulto. I primi quattro corrispondevano. Quelli dettatami da Lucy.

Vinsi una somma pari a mezzo stipendio. Non ci sputavo sopra anche se fosse stato di meno.

Nella successiva giocata mi dettò cinque numeri col risultato di due anni di paga. Raddoppiai quella cifra nelle altre tre ed ero al settimo cielo.

Quei soldi mi consentivano di ristrutturare la casa, cambiare l'arredamento e concedermi una vacanza in qualche parte del mondo. E mi restava un bel gruzzoletto a disposizione. Ma la cuccagna era finita. Ebbi modo di appurarlo nel tempo. Nonostante ponessi un bella vista tombola e schedina lei restava immobile, passiva.

Smise di segnalarmi altri numeri. Col sei avrei centrato il monte premi e sarei stato ricco sfondato. Ma era pretendere troppo, e a caval donato...

Accantonai la tombola avvolgendola col cellofan per un'altra eventuale partita. Mi venne in mente, forse per associazione di idee, che Lucy mi avrebbe fatto un buon brodo. Chissà col tempo, forse. Ricacciai immediatamente il pensiero notando negli occhi della gallina uno sconcerto di orrore.

6

Mancavano tre giorni a Natale l'aria si era fatta più fredda, massimamente al mattino e alla sera. Per di più era in arrivo, secondo le previsioni una corrente polare. Mi sarebbe piaciuto che nevicasse e coprisse il paese e la campagna, come quelle cartoline dipinte a mano, con le renne Babbo Natale e ghirlande di stelle intorno. Un evento assai raro ed improbabile in zona.

L'ultima neve risaliva all'adolescenza durante un carnevale, durata poco meno di un'ora.

In paese fremevano i preparativi per la Natività ed in ogni casa, negozio e perfino gli alberi del viale e del parco erano agghindati di festoni luminosi dagli svariati colori. In lontananza si udivano i canti Natalizi impregnando l'atmosfera di una gioiosa specularità.

In ogni caso mi ero premunito alla scorta di legna per la stufa e il camino. Quest'ultimo era una delle cose irrinunciabili nella mia vita avendo a che fare coi ricordi più belli della giovinezza. La famiglia si riuniva attorno alla fiamma scoppiettante mentre sfrigolava immancabilmente un pezzo di arrosto accanto alla pentola dell'acqua calda. Mio padre rientrava infreddolito dalla campagna e, non prima di un bicchiere di vino, si scaldava i piedi intirizziti dal freddo.

Mia madre invece trafficava sui fornelli a legna per una buona e rivitalizzante minestra. Spesso mi soffermavo a ricordare le verdure dell'orto, la mucca da latte, due pecore, e la raccolta delle uova ogni mattina. Tempi andati ma sempre vivi nel cuore.

Al tavolo rustico di castagno, alla credenza del bisnonno, alle sedie impagliate, e ad altri mobili minori avevo aggiunto un divano moderno che, al locale, invece di sminuirne l'antico vetusto splendore, ne aumentava la comodità e funzionalità.

Lucy si era immediatamente integrata e ispezionava, come un ufficiale giudiziario, ogni angolo della cucina. Si soffermava spesso davanti al carillon che tenevo come un cimelio sulla credenza inoperoso da tempo immemorabile. Vedendola interessata gli feci ascoltare le note. Rimase in estasi, rapita, con gli occhi colmi di gioioso stupore. Liberai la scatola dal fermaglio consentendole di di sentire la musica ogni qualvolta ne avesse il desiderio.

Telefonai a Margherita. Più che solo mi sentivo annoiato, e la sera si preannunciava cupa con tuoni e lampi in rapida successione.

Non rispose e riposi il cellulare sconsolato. Pazienza! mi dissi. Una cena alla spiccia, un film alla televisione e poi a letto sotto il tepore delle coperte.

Rassegnato mi distesi sul divano e suonò il campanello.

«Io Margherita, apri che fa un freddo cane.» Balzai in piedi e, premurosamente, la feci entrare.

«Telepatia?» Gli chiesi mentre si accovacciava intirizzita davanti alla fiamma alta e scoppiettante.

Dopo le spiegazioni si prodigò per la cena. Lucy se ne stava appartata in un angolo un po' timorosa.

«Ti sembra manchi qualcosa?» Chiese ridanciana.

«Mancavi tu.» Dissi romanticamente.

«Scemo più scemo, lo so.» Si avviò in cucina, mise il grembiule con la scritta *"La cuoca del secolo"* lasciando in sospeso la domanda. Lucy comparve e saltò sui fornelli. Margherita ebbe un sussultò lasciando cadere il tegame, fortunatamente vuoto. Mi scappava "brutta bestiaccia" ma mi trattenni. La gallina spaventata dal mio atteggiamento si rifugiò sopra il soppalco.

«Ecco l'infame!» Dissi invece. Margherita la guardava stupita e sorpresa. Le si avvicinò. Lucy scese pian piano e si posò sulla spalla strofinandole leggermente il becco sulla guancia. Lei si sentì appagata e scusata.

In cuor mio ero contento che la faccenda fosse finita bene.

«E' un amore!» Disse infine Margherita coccolandola e beandosi a sua volta delle becchevoli moine.

«Intendevi prima di una mancanza.» Gli feci notare. Sorrise appena e con fare misterioso m'indicò qualcosa oltre la porta finestra. Che stupido, avrei dovuto capire e pensarci prima. Un pino brillava di luci intermittenti sopra un terrazzo. Mi colse il panico.

«Ma come si fa, domani è vigilia, e con questo tempo...» Mi zittì con un cenno.

«Ci ho pensato io, fai attenzione al soffritto, vado e torno.»

Rientrò poco dopo con un piccolo abete invasato, e quanto occorreva per l'addobbo.

«Senza l'albero non è Natale, ne convieni caruccio?» Donna pazza e adorabile insieme.

Fu pronto simultaneamente alla cena. Lei mise in tavola una zuppa di cipolle con patate, pomodori e tre uova risultanti sode e saporite. Aggiunsi tre muggini arrosto ed una insalata di carciofi alla bottarga. Lucy con un tovagliolino al collo beccava golosa dal suo piattino.

«E' una buona forchetta.» Osservò Margherita.

«Hai visto poco e niente, aspetta e vedrai.»

Fuori il vento e la pioggia aumentarono d'intensità facendo fischiare i fili elettrici sui tralicci e scuotendo violentemente le piante.

Lucy, sotto lo sguardo sorpreso e divertito di Margherita dalla zuppa passò al pesce, bevendo ogni tanto un goccio di vino. Poi l'insalata ai carciofi, la torta, l'amaro e i caffè. A completamento del pasto centellinò l'acquavite. Soddisfatta, col gozzo che pareva scoppiare, si adagiò sul divano, chiuse gli occhi e si addormentò. Iniziò a russare.

Ci mettemmo a ridere sguaiatamente e squillò il telefono.

«Pronto! sono Matilde, tutto bene? Sa mi preoccupavo con questo tempaccio.» Percepii dal tono della voce una sfumatura d'angoscia.

«Si signora, abbiamo appena finito di cenare e, con noi, Lucy. Ora dorme tranquilla.» Parve sollevata.

«Ne ero sicura, tira un vento freddo. Credo che nevicherà. Ne sarei felice.»

«Molto improbabile, sarebbe un Natale coi... fiocchi.»

«Ora vi lascio, buonanotte. Vi aspetto per la vigilia. A presto.» Lucy, si svegliò infastidita e si frappose tra me e Margherita. L'ora sull'orologio a parete segnava un quarto alla mezzanotte.

«Che ne dici di un "immeritato" riposo?» Dissi con un finto sbadiglio. Ma il sonno tardava ad arrivare. Parlammo del regalo alla signora, a qualche amico e collega e lei si rammaricò non poterlo fare alla figlia e al marito data la lontananza. Il vento si era fatto più forte sopra le tegole rafforzando la pioggia in raffiche continue e violente.

Mi sovvenne la fanciullezza e il tetto, allora, di canne intrecciate sostenute da pali di legno, da cui filtrava la luce stellare. Era il rifugio dalle paure per i racconti del nonno e per lo scrosciare della pioggia che batteva sulle tegole rosse.

Ci colse un sonno pesante, forse il vino e la cena abbondante, fino al mattino. Rigirandomi ancora insonnolito allungai la mano in cerca di Margherita. Toccai un cuscino di piume: Lucy. La mia compagna preparava la colazione. Fuori splendeva un sole limpido attraversato da un gelido vento di tramontana.

Avrei voluto che nevicasse, almeno un po' solo quel tanto per coprire i tetti, le strade, la campagna e durasse fino al giorno dopo il Natale. Pazienza.

Imbacuccati fin sopra le orecchie uscimmo per consegnare i regali. Andammo da un'amica di Margherita, due conoscenti ed in una famiglia di un paese vicino. Visitai tre figliocci ormai grandi di cui uno sposato con figli. Un'amica di Margherita ci volle trattenere per pranzo e si finì a sera tardi quando le prime ombre calavano sopra il paese. Alla signora ci avremmo pensato all'indomani.

«Quando ero piccolo - dissi davanti al camino mentre sorbivamo un amaro - non v'era l'albero, ne si usava portare regali. Mia madre mi dava due mandarini, caramelle, un cioccolato con la figurina, e dieci lire da spendere con parsimonia.»

«Altri tempi - sentenziò Margherita - non si può dire che fossero meglio o peggio di oggi. Certe usanze si spengono e se ne riaccendono altre. Chi si sognerebbe, oggi, di regalare ai propri figli solamente un'arancia , una caramella ed un cioccolatino?» Non ero per niente d'accordo.

«Ci si contentava del poco che ci appariva gran cosa, ed eravamo felici.» La questione poteva protrarsi all'infinito.

«E' cambiato solo l'oggetto, un robot rende ugualmente felice un bambino e sostituisce la caramella di allora. Lucy ascoltava intenta.

«L'importante - conclusi - è che ci sia pace e serenità, il Natale ha sopratutto quel significato.»

Di cenare nemmeno l'ombra, eravamo ancora sazi del pranzo. Tanto più, l'indomani, ci aspettavano i manicaretti assai sostanziosi della signora Lampis.

A mezzanotte si levarono i rintocchi delle campane per la messa della natività e le vie si animarono di luci e persone.

Le note delle *Launeddas* riempirono la notte di una melodia dolce e struggente. Gruppi di persone si defilavano gioiose in un mormorio di attesa solenne.

«Quanto tempo è passato.» Mormorai con una punta di commozione.

«Andiamo, ci farà bene.» Disse Margherita già pronta.

7

Nonostante l'ora tarda per la messa di mezzanotte mi svegliai presto, poco prima dell'alba. Margherita si stiracchiò intorpidita dal sonno. Lucy guardava attraverso i vetri della finestra, impaziente. Sapeva che avrebbe rivisto la vecchia padrona e non stava più nelle... piume. Il tempo non cambiava, persisteva un sole luminoso e accecante reso freddo da un vento polare.

Nel paese ferveva un andirivieni frenetico per i saluti tra amici, in famiglia, conoscenti e la consegna reciproca di regali e confetti.

Mi avviai con Margherita preceduti da Lucy appollaiata sulla spalliera posteriore attenta e vigile ad ogni mossa.

Il villino ci apparve sfocato dopo la curva e le ultime case. Aguzzai la vista e, man mano che procedevo, mi stropicciavo gli occhi.

«Dimmi che sto' sognando.» Proruppe Margherita battendomi la mano sul capo. L'apparato abitativo, il cortile e le pertinenze intorno erano imbiancate da uno spesso strato di neve. Dal comignolo usciva un tenue filo di fumo.

«Una cartolina illustrata da un bravo pittore!» Esclamai stupito ancora incredulo.

«E' tutto finto, non so come abbia fatto ma è una meraviglia.» Si decise Margherita credendo di avere trovato la soluzione. Scesi e toccai con mano.

«E' vera, verissima che di più non si può.» Constatai.

Ed i dubbi, proponimenti, probabili spiegazioni ed altre congetture sull'evento visibile, reale sorsero naturali e spontanee nelle nostre coscienze.

«Non può essere - riprese Margherita - col cielo pulito seppur freddo, senza una nube e, ciò che mi riesce impossibile comprendere: perché solo qui e non in paese e nella campagna?» La voce della signora Lampis ci distolse momentaneamente da quei ragionamenti assillanti.

«Avanti, venite che lì fa freddo.» E chi la sentiva davanti a quel quadro della natura. Lucy si era già defilata a salutare le colleghe. Si udiva una gran sbatter d'ali e pigolii di gioia e contentezza.

Nell'incedere lungo il vialetto toccavamo sbalorditi il candido manto con brevi stringimenti di mano.

Nel salotto ci accolse un dolce tepore e l'odore paradisiaco delle vivande sui fornelli.

«Com'è stato signora?» Ci guardò sconcertata.

«Non riesco a capire.»

«La neve.» Specificai.

«Ah si, la seconda volta da che vivo qui. L'anno scorso non la volevo e nemmeno quest'anno ma è venuta ugualmente. Non so spiegarmi il motivo, la causa.» Guardai Lucy poi Margherita. I nostri sguardi s'incrociarono in un tacito assenso. Avevamo espresso il nostro desiderio più volte davanti al pennuto che ne aveva informato le altre.

«Sappiamo signora, non si preoccupi, ma è bello che sia caduta. Ma solo qui e non nel paese e nella campagna intorno.»

«Si - riprese la signora - è come se abbiano voluto compiacere qualcun altro e...» Si bloccò illuminandosi all'improvviso. Ci guardò ed espressi la nostra opinione.

«Lucy ha sentito ne ha fatto partecipe le sorelle ed eccoci qua a goderci il paradiso.»

Chiaro. Pensai poi. Quel che mi suonava ostico e misterioso, con una vena di horror, era con quali poteri avessero fatto scendere tanta neve solamente sopra il villino. Per di più col cielo limpido, senza neppure uno straccio di nubi all'orizzonte. Un brivido mi percorse la schiena.

Matilde rientrò in cucina, ai fornelli. Lucy squittiva come un topo. Andava alla finestra godendo del manto di neve. Poi ci fissava lasciando immobile il capo e muovendo il resto del corpo. Quando si scosse riprese a nevicare.

«E' pronto!» Ci richiamò la signora dalla sala pranzo. Di fronte v'erano allineati sette piccoli posti a sedere con le rispettive targhette: Simo, Ele, Nora, Betty, Patty, Mary e Lucy. Rimasi ammirato e, di più quando presero posto esattamente accanto ai nomi.

Ma cosa stavo vivendo? Era reale, normale no, sicuramente. Neve che cade senza una nube? col cielo immacolato?

Mi distolse da quel pensare la varietà delle vivande che la signora Lampis si era prodigata di cucinare.

«Sapete sono contenta della vostra presenza - parlò mente impiattava il cibo - non che non lo fossi negli anni passati con le galline, ma ora è diverso. Sento il Natale una vera festa.» Margherita per non esternare la commozione galoppante tossì ripetutamente.

«Noi più di lei, ci creda, con la neve poi è stata una sorpresa incredibile.» Affermò convinta la mia compagna.

Poi fu un clamore di posate, rapidi gorgoglii, risa, parole in allegria inframmezzate dai pigolii soddisfatti delle galline.

Nel camino scoppiettavano i ceppi ora ravvivando ora abbassando repentinamente la fiamma.

Alla fine del pranzo i pennuti misero in atto un teatrino di canti, balli, mimando personaggi televisivi in un crescendo di allegria e divertimento. Aveva smesso di nevicare ed un bel sole era apparso in cielo.

«E' da anni che non provavo queste sensazioni di gioia.» Conclamò la signora alzando in aria il bicchiere .

«E che sia ancora per molti anni a venire.» Risposi brindando toccando i calici in un tintinnio a tre.

Ci congedammo e mai avrei immaginato una serata così particolare.

Volli scattare fotografie sulla neve, intorno alla casa, ad imperituro ricordo. Ripresi ogni angolo, ogni pertugio, mi arrampicai su una scala per riprendere il tetto. La signora, compiaciuta, ci seguiva attorniata dalle galline.

Al commiato suonai il clacson a lungo, come ad una festa di matrimonio, mentre il sole calava dietro i monti lontani.

Fu una notte indimenticabile. Mai avevo avevo amato così intensamente nella mia vita. I nostri corpi si fusero in amplessi dolci, struggenti d'amore, elevati ai gradi più alti e sublimi della passione. Fu un susseguirsi di gemiti di piacere, una lotta continua di rivolgimenti, carezze, mai stanchi, amplessi ripetuti in una estasi indescrivibile. Mi convinsi che il paradiso esistesse davvero. Spossati, distrutti da ore d'amore, guardavamo il soffitto, senza parlare, in uno stato catalettico in in cui la morte pareva insignificante.

«Non ti sapevo così... maiale.» Sbottò Margherita accarezzandomi il petto.

«Libidine allo stato puro.» Confermai.

«Però bello, l'amore è anche questo.»

«La cucina della signora Lampis è miracolosa.» La buttai giù, così, per giustificare la prestazione ma non avrei saputo spiegarne la causa. Lei rise civettuola strofinandosi impudica e lasciva.

"Bene pensai. Perché non battere il ferro finché è...»

L'alba di di Santo Stefano ci colse avvinghiati come l'edera al tronco di un albero coi primi raggi di sole a far capolino dalle persiane. Era troppo per dei comuni mortali.

8

La mattina dopo la scomparsa della neve riportava la casa alla normalità col paese e la campagna. Le temperature erano salite sensibilmente durante la notte. Mi consolava il fatto di aver immortalato l'evento nel cellulare. Sarebbero state lì, depositate ad imperitura memoria. Le avrei esibite con amici e conoscenti. Comunque, ben presto, mi dimenticai l'episodio, le foto, preso dal lavoro e dalle faccende domestiche. Nonostante il salario discreto non avevo mai optato per qualche aiuto esterno. Intendo una persona che potesse occuparsi della casa e della sua pulizia. Non per snobismo, misoginia o altro ma per un senso di pudore atavico tramandatomi dai miei genitori, e dai nonni.

Era una violazione dell'intimità se qualcuno metteva mano alle mie cose o frugasse nei cassetti o nell'armadio. Non m'importava il decoro dell'ordine, e non m'infastidiva buttare alla rinfusa sopra il divano o la sedia gli indumenti per qualche giorno. E non sopportavo l'idea di un altro soggetto che girasse per casa, o vedesse i miei vizi segreti come sbadigliare, farfugliare da solo, andare in bagno.

Capivo che le mie fisime erano solo sciocchezze. In definitiva, però, durante gli anni di quella continua routine mi ci ero abituato. Mi ero calato nella forma del casalingo. Senza modestia ero un discreto cuoco, un'abile stiratore, ed un quasi provetto giardiniere. Mi cimentavo volentieri alle pulizie della casa e alla sua manutenzione "fai da te". Riuscivo a riparare tapparelle, porte, lavandini, e, a forza di numerose scosse, m'intendevo di fili elettrici, prese e lampadine. E, dulcis in fundo, mi ero impratichito anche coi lavori di muratura, almeno quelli più semplici ed immediati.

Con Margherita, stranamente, non sentivo alcun disagio esistenziale. Ci tenevo a mettere in mostra, davanti a lei, la mia "bravura" in quelle mansioni. Mi piaceva esternare la mia abilità in cucina e, senza nessun imbarazzo mostrarmi semi nudo nei locali di casa.

«Avresti dovuto cambiare mestiere. Oggi saresti ricco.» Prendendomi in giro bonariamente.

Era arrivato il carnevale con i coriandoli, le maschere, i balli in piazza, coinvolgendo grandi e piccini.

Un vento gelido di tramontana accompagnava la festa del martedì grasso nella piazza principale.

Io e Margherita con Lucy accanto ci godevamo un bel fuoco nel caminetto, la stufa al massimo ed una bottiglia di vermentino completavano il quadro.

Si conversava del più e del meno come due innamorati di primo pelo.

Avevamo già fatto all'amore che si sarebbe ripetuto dopo la cena a base di aragosta (me lo potevo permettere, per una volta s'intende), spaghetti alle vongole e baccalà in umido.

Volli una festicciola, così, alla spiccia.

«Una bella fortuna.» Disse Margherita osservando il pennuto.

Nella sua fissa immobilità, nella sua livrea porcellanata, nella livrea biondo-birra Lucy sembrava un oggetto d'arredamento. Uno di quelli esposti nelle vetrine.

«Già, peccato abbia chiuso le paratie della fortuna.» Si riferiva al gioco in cui avevo vinto un somma considerevole.

«Ingordo» Ribatté lei ridendo. Si divertiva.

«Ma è meglio essere ricchi, no?» Ne ero sicuro. E ci vorrei provare. Pensai.

«Vedi Lucy non è ricca ma da' ricchezza, seppure in parte, e non solo soldi, intendo.»

«E che se ne fa una gallina dei soldi, gli basta mangiare, bere e covare.» Ribattei poco romanticamente. Lucy emise un pigolio e venne spedita tra me e Margherita.

<Un po' di sentimento non guasta, cinghiale.>

I piedi bianchi si confusero con quelli della tovaglia. Era la prima volta che notavo quel dettaglio. Come se fossero stati bolliti e poi spellati.

«Mia madre della gallina non buttava nulla, come per il maiale - presi a dire per associazione di idee - cucinava perfino la testa. Riempiva il collo lasciandovi il sangue misto alle spezie e all'uva passa, tagliava le viscere e con le altre interiora le soffriggeva. Dai piedi otteneva la gelatina. Conservava le piume per i cuscini e ben poca roba restava al cane.»

«Non voglio sentire, vittime sacrificali per soddisfare i piaceri umani» Margherita era sul punto di piangere. Dimenticavo ch'era vegetariana.

Lucy le si accoccolò in grembo strofinandoli il becco sul dorso di una mano. La consolava.

Rimasi zitto, pensieroso. Per spezzare l'impasse gli chiesi cosa potevo preparare per cena.

«Usciamo, è carnevale, pizzeria, andrebbe bene.» Fui d'accordo. Chiusi in fretta le imposte e mi avviai alla cinquecento. Mi chiesi se era arrivata l'ora di cambiare il macinino. Lucy aspettava oltre la porta. Feci per riaprirla ma intervenne Margherita.

«Portiamola con noi, non ci da' nessun fastidio.» La guardai strano.

«Ma sei matta? Una gallina al ristorante chissà quante risate»

«Lucy non è come le altre, comunque direi di provare, possiamo sempre lasciarla in macchina, è pulita, non sporca. Solo il tempo di mangiare una pizza. Che dici?» Era sensato, ma pensavo agli altri clienti e al proprietario del locale. Non dissi nulla ma ero contento, dentro.

Lupus in fabula! Tonio il gestore sbottò in una sguaiata risata poi divenne serio, grigio, simile ad una nuvola temporalesca. Lo conoscevo da anni ma l'amicizia in certi casi non funzionava. Oppose un deciso diniego.

Nel locale c'erano, fortunatamente, pochi avventori. Il nostro dialogo si stava trasformando in litigio.

Margherita con decisione e già sul punto di lasciare il locale, minacciò di non porvi più piede vita natural durante. Tonio impressionato addivenne ad un compromesso.

«Va bene nella saletta attigua alla cucina? Avrà da bere e mangiare e, se vorrete anche un po' di pizza.» Lo disse ironico e ridanciano.

«Un cafone - disse lei infastidita - bel modo di attirare i clienti.» Però non era in torto, una gallina tra i tavoli avrebbe creato qualche sconcerto.

La pizza ai frutti di mare si rivelò paradisiaca, il vino altrettanto. Il trattamento ed il buon cibo mitigò in parte l'acredine di Margherita nei confronti di Tonio. Lucy apprezzò la pizza con prolungati peana di coccodè.

Alla cassa Tonio ci porse un uovo trovato accanto alla gallina nella saletta. «Potete tenerlo.» Dissi, ringraziammo ed uscimmo sul lungomare.

In lontananza si alternava la luce del faro di Capo San Marco proiettandola sulla superficie marina leggermente increspata. Altre coppie passeggiavano assorte ridendo e scherzando. Poco distante si sentiva della musica suonare accompagnata da un canto che sapeva di solitudine.

Davanti alle capanne dei pescatori si dondolavano delle barche ancorate alla riva.

«Siamo stati bene, non trovi?» Margherita annuì. Qualcosa la preoccupava. Ascoltava ma senza interesse, parlava come a se stessa e rispondeva a monosillabi. Volevo sapere e gli e lo chiesi.

«Tante cose tutte difficili da spiegare - esordì - da un po' di tempo inspiegabilmente mi assale l'ansia, vedo nero come se mi stesse crollando addosso il mondo. Ti sembra che sia normale il nostro rapporto? Siamo come due ladri che si vedono al buio e la gente in paese commenta e mormora. Forse sono troppo all'antica ma ci tengo a certi valori.»

L'attirai a me e la baciai ch'era più di un'assicurazione promessa a parole.

«Ci sposeremo, te lo prometto. Al più presto e in barba ai mal pensanti.» Parve tranquillizzarsi.

«Mi è venuta voglia di un gelato, ti sembro viziata?» Gli era tornata l'allegria ed il buonumore.

«Non sarai mica incinta» Scherzai. Rise di gusto e c'incamminammo al Bar della Torre. Pistacchio, fragola e mango, i tre preferiti da lei. Io mi limitai ad un amaro e fu pari e patta.

Lucy si era appisolata e non si svegliò all'apertura e alla chiusura degli sportelli. Emetteva un tenue sibilo coperto subitamente dai rumori del mezzo.

Accesi la radio tanto per dare un ché di brio all'ambiente. Ad un centinaio di metri vi era un incrocio ma potevo procedere tranquillamente avendo la precedenza.

Improvvisamente Lucy saltò sul cruscotto starnazzando, agitando le ali, sciorinando un coccodè ad alto volume. Mi impediva di vedere la strada, rallentai e mi fermai proprio all'incrocio.

«Ma che gli è preso a questa scema! - per poco finivo in cunetta!» In quel preciso istante, incurante dello stop sfrecciò un furgone a velocità sostenuta. Rimasi di pietra, e Margherita iniziò a tremare. Lucy si era riappisolata sul sedile, composta e rilassata.

«Dio mio!» Riuscì a dire Margherita. Sudavo freddo. Scesi dalla macchina per una boccata d'aria, mi sentivo soffocare.

«Se Lucy...» Riuscii a dire mentre riprendevo la guida. Il resto della frase mi rodeva la mente. Restammo in silenzio fino a casa.

Riaccompagnai Margherita senza un bacio, un saluto. Ero spossato, presi un cognac. Lucy mi rimase accanto fino allo spegnimento della televisione.

Il sonno venne dopo la mezzanotte ma sentivo ugualmente le maschere del carnevale impazzare con canti e risa nella notte buia e profonda.

9

Alla cooperativa la commessa, per l'ennesima volta, rifiutò il pagamento della merce sul banco. La cosa iniziava ad irritarmi. Era compito mio provvedere al mantenimento di Lucy. Per un senso d'orgoglio, di principio per quel che si voglia. La ragazza fu irremovibile.

La cooperativa era l'unico esercizio di alimentari in paese. I supermercati avevano fagocitato le piccole imprese e, volendo cambiare negozio, mi sarei dovuto recare in città. La cosa di per sé attuabile se non fosse stato per il tempo a disposizione, la scarsa affidabilità della macchina, e mille altri piccoli impedimenti. Dovevo risolvere con la signora Lampis.

Al rientro dal lavoro, come di solito, detti uno sguardo alla cassetta postale. Tre fatture: della luce, del gas e dell'acqua. Puntuali come la morte. Consideravo, da bravo e probo cittadino, un dovere ineluttabile pagare le tasse, ma spiacevole in cuor mio, e in verità, lo confesso, ne avrei fatto volentieri a meno.

Rassegnato schiusi le buste. Consumi irrisori, calcolai di un giorno o poco più. Ohibò uno sbaglio, confutai, non si poteva spiegare altrimenti. Quella della luce sommava solo l'addebito del canone televisivo e gli oneri di sistema. Che giudicavo altrettanto esosi rispetto ai consumi.

Esaminai i contatori ed in effetti le lancette giravano molto lentamente e mi convinsi a causa di un guasto. Ma era possibile tutti e tre contemporaneamente? Accesi i fornelli e funzionavano perfettamente, l'acqua scorreva nel lavandino a pressione normale ed il frigo idem.

Ne fui contento inizialmente non imputandomi nessuna colpa o negligenza. Comunque prevalse il senso civico di buon cittadino e ne informai gli enti preposti.

Il giorno dopo vennero due assistenti. Esaminarono minuziosamente gli apparecchi e non riscontrarono nessuna anomalia.

«Vede - disse un giovane alto e palestrato indicando i display - sono in regola.»

«Non si preoccupi - mi tranquillizzò - il secondo dall'aria emaciata ma più anziano - ci chiami se qualcosa non va. Fossero tutti come lei.»

Uscirono. Ricontrollai i contatori. Nuovamente lenti e monotoni. Mi scappò una parolaccia. Ma che dovevo fare? Percuotermi le spalle con un cilicio? Rinunciai a pensare.

Lucy mi guardava dalla mensola con un brillio negli occhi. Capivo o no? Si e no. Credevo o era una farsa? Sentii il campanello. Margherita entrò pimpante ed allegra coma mai l'avevo vista. Teneva in mano un pacco avvolto in carta stagnola legata da fiocchi multicolori.

«Una meravigliosa notizia! Monia è incinta.» Mi complimentai abbracciandola. Quando si parlava della figlia di solito diventava triste e un po' corrucciata. Sapevo delle analisi mediche e del responso: non lasciava speranze. Le probabilità erano una su un miliardo. Praticamente nulle.

«E allora che aspettiamo a festeggiare?» la invitai. Svolse il pacco ed apparve una bella torta alla fragola. Non fui dammeno nel porgli accanto una bottiglia di Cannonau vecchio di sedici anni.

«Facciamo le cose come si deve.» propose. E senza preavviso indossò un grembiule con su scritto "Se non lavori non mangi" e si mise a trafficare in cucina. Gli dissi dei contatori.

«Hai delle uova?» Chiese. Presi le ultime tre dal frigo, due della signora Lampis ed una di Lucy.

«Frittata di asparagi?» Fece un cenno di assenso. Mi riforniva ogni anno Giuseppe il contadino cui avevo compilato dei moduli per la pensione. Sempre per lo stesso motivo. Però capivo che rifiutare sarebbe stato scortese. Pazienza.

Margherita si pose ferma davanti ai fornelli fissandomi pensierosa.

«Che c'è?» Domandai.

«Stavo pensando... beh sarebbe troppo.» Sventolò la mano come a scacciare un'ombra molesta. Ormai, però, aveva innescato la miccia.

«Insomma si può sapere, se non sono indiscreto?» Ridiventò seria, lasciò di spezzare gli asparagi e si pose in guardia come un pugile in attesa del gong.

«Ecco quelle uova, quelle tue, sei le avevo date a Monia e...» S'interruppe colta da un pensiero improvviso.

«Erano tue potevi darle a chiunque, anche buttarle.» La tranquillizzai.

«Dieci giorni prima delle analisi - ora parlava quasi tra sé - le aveva mangiare. Erano tue e della signora Lampis?» Confermai e incominciavo a capire dove voleva parare.

«Troppa carne sul fuoco.» E risi smorzato.

«Troppe coincidenze, direi.» Lucy emise un pigolio sommesso che sembrava di soddisfazione.

«Ti dispiace?» Gli chiesi. Tacque per un po'. Parve pensare intensamente. Poi sbottò in una sequela irrefrenabile di parole. Era insito nel suo carattere.

«Non m'importa, per Monia sarei disposta a fare qualunque cosa, la grazia è venuta, che sia dal cielo, dalla terra, da qualunque parte ben venga, non mi pongo limiti od eccezioni, ringrazio chiunque l'abbia mandata. E non chiedo né il perché né il per come. Le uova? Bene. La probabilità su un miliardo, bene ugualmente. Il destino? Ottimo, ha reso felice Monia e me. Avrò un nipotino e ciò mi basta ed avanza, mi sarei tagliata una mano, ecco.»

Lacrime copiose scendevano come una pioggia senza rumore. Di gioia. Tentai di sdrammatizzare la situazione.

«Ehi ehi vedi che sta bruciando il soffritto!» Si riscosse, si ricompose e mi sorrise simile ad una giornata di primavera.

Lucy le si avvicinò quatta quatta e gli saltò sulla spalla.

«Attenta - disse rinfrancata - a non cadere nella padella, a Silvio non dispiacerebbe mangiarti a cotolette.»
«A brodo Margherita a brodo, è più saporita.» Rintuzzai stando allo scherzo.
Il pranzo fu sobrio ma stuzzichevole. Dopo gli asparagi seguì una portata di ravioli alle erbe e poi un contorno di patate al forno. Ci trovammo a cantare come due matti dopo le due bottiglie di vermentino. La festa fu al culmine quando Lucy intonò il coccodè della vittoria.
Squillò il cellulare: la signora Lampis.

10

«Dopodomani è il mio compleanno, volevo invitare lei e la signora per un piccolo rinfresco, una cosa in famiglia... se non vi disturba. Sa sono sola, non conosco nessuno e mi farebbe piacere...» La interruppi.

«Ma certo signora, ci mancherebbe, saremo da lei, a che ora scusi?»

«Quando vi aggrada, dalle sedici in poi o anche prima se volete, vi lascio la porta aperta nel caso sia in bagno o in altra parte della casa. Portate Lucy così rivedrà le sue amiche.»

«D'accordo, mi stia bene, a presto signora.»

Ne informai Margherita e ne fu entusiasta.

Due giorni dopo avevo comprato dei pasticcini ed una bottiglia di vino-moscato cui Matilde ne apprezzava il gusto.

Lucy, seduta sul sedile posteriore, chioccolava dall'impazienza. Ogni tanto volgeva la testa ed accarezzava nascostamente col becco la confezione dei pasticcini.

La signora ci accolse in tenuta da lavoro e ci fece accomodare nella sala pranzo. La tuta grigia era spruzzata di bianco.

Lucy fu accolta con un tripudio da stadio. Iniziarono una sarabanda di starnazzi, di pigolii, in un generale sventolio di penne, piume e creste. Poi simultaneamente, in fila indiana rientrarono sopra la mensola con Lucy al centro: ospite d'onore. La signora finse o non volle farci caso.

«Era da tempo che dovevo farlo, e Dio solo sa se ne aveva bisogno.» Ed indicò lo sgabuzzino in fondo al corridoio.

«Se vuole una mano...»

«No ho finito, mi devo cambiare, ritiro gli attrezzi e sono da voi. Il pranzo è pronto. Ma venite vi mostro l'obbrobrio.» Fui concorde con Margherita, e non per un complimento gratuito, ch'era un lavoro eseguito a regola d'arte.

«Troppo buoni.» Si schernì ma eravamo sinceri. Lo stupore fu quando con l'agilità di un ragazzino salì e scese dalla scala tenendo in mano secchio e pennello. "Io non ci riuscirei", pensai.

Poco dopo rientrò immacolata, con un vestito sgargiante di pizzi e trine. Sembrava una bambola. Portava una torta con nove candeline e mezzo. Le accese. Non dissi nulla per la stranezza della candelina a metà.

La tavola straripava di cibo. Oltre alle pietanze precipuamente vegetariane vi figuravano portate di carne, contorni, antipasti, formaggi ed altri succulenti manicaretti adattati ai gusti miei e di Margherita.

Il pranzo fu allegro e piacevole. La signora , forse effetto del moscato, si aprì ai ricordi.

«Dopo la morte di... - un'ombra cupa gli attraversò il viso, ma non gli e ne chiesi il motivo - vivevo - riprese a fatica come se gli mancasse il respiro - in un paesino vicino al mare e festeggiai il compleanno all'aperto. Una bella giornata di sole e gli invitati chiassosi contribuivano a rendere allegro l'evento. Uno di questi, inebriato dal vino voleva ammazzare Ele e Susy per farne un buon brodo, diceva lui. Non riuscì nemmeno a sfiorarle. Gli saltarono addosso insieme costringendolo ad una fuga precipitosa. Fu costretto a gettarsi in mare.» La domanda mi sorse spontanea.

«Signora scusi la mia impertinenza, da allora fino ad oggi, le galline hanno tre anni e mezzo, e sono in buona salute!» Sorrise vagamente divertita.

«Quattro ad agosto, per la precisione. Dopo la...» E come prima lasciò la frase a metà. Qualche segreto che non vuole svelare. Pensai. Non insistei.

La signora si alzò prese i fiammiferi e si accinse ad accendere le candeline, m'incuriosiva quella a metà. Volevo chiederglielo ma mi precedette.

«Ognuna è un decennio e l'altra il resto, non potevo metterne novantasette.» "Accipicchia - pensai - quel saliscendi nella scala a quell'età!"

Ormai la signora - causa del moscato, ne ero certo - aveva aperto totalmente le paratie.

«Ebbene ragazzi la mia vita è divisa in due tronconi. Ma non voglio annoiarvi. Mio padre non lo conobbi, morì prima che nascessi ucciso in modo banale. Un calcio del cavallo che amava. Mia madre, per me, si accollò il mantenimento fino alla maggiore età, ma lavoravo già a dodici. Accudivo alla stalla, alle mucche, le pecore, e provvedevo a nutrire gli animali da cortile.

Mi ero affezionata a Cesare un gallo maestoso, re incontrastato nell'aia, per nulla disposto a compromessi nel suo harem. Teneva le galline in soggezione, le amava, le proteggeva, un vero capo. Aveva cacciato un suo rivale arrivato da una fattoria confinante a beccate tremende, inseguendolo fin oltre il canale delimitanti le terre.

Mia madre provvedeva ai conti delle entrate e alle uscite in modo capace e oculato. In verità non ci mancava niente e la tenuta prosperava più delle nostre reali aspettative. Un periodo d'oro in cui lei risparmiava più del dovuto.

La buona salute dell'azienda ci consentiva una vita agiata, senza eccessive preoccupazioni. Alla soglia della maggiore età avevo scoperto l'amore. Per mia madre fu un colpo di testa sconsiderato. Ne restò delusa, tradita, e non si riebbe più fino alla morte.»

Una musica dolce e allo stesso tempo pesante, ricca di effetti contrastanti si levò nell'aria. Spezzò quel senso di rispetto ed apprensione al discorso della signora. Riconobbi, nonostante la mia scarsa cognizione in materia, la danza della Fata Confetto nello Schiaccianoci di Amadeus.

Notando la nostra perplessità e meraviglia la signora Matilde spiegò che Lucy e le altre sapevano maneggiare il giradischi e riconoscere le canzoni incise sul vinile. E sanno fare tante altre cose. Poi riprese il discorso interrotto versandosi un'abbondante porzione di dolce moscato.

«Ecco la vita non è tutta rose e fiori, quando si pensa di avere raggiunto il paradiso appare il diavolo a scombinare le cose.

I colpi di fulmine furono numerosi per le ragazze del posto. Per farla breve, sono passati tanti anni da allora, m'innamorai di un bel tenente accampato vicino alla fattoria con altri centocinquanta soldati. E l'esempio del gallo con le galline calza a pennello.

Il tenente corteggiato e riverito fra tante scelse la sottoscritta. Io gallina ignara e sprovveduta mi trovai quel gallo impettito, prepotente ed autoritario sull'uscio di casa.

Non seppi resistere alla sua sicumera arroganza amorosa, al suo modo di fare. Ogni sera sgattaiolavo dalla finestra e mi appartavo in un fienile abbandonato lontano dagli sguardi indiscreti.

E successe. Mi trovai incinta e mia madre si accorse. Stranamente non disse nulla ma si ritrasse dentro un guscio di dolore, di apatia, ammalandosi fino alla morte. Mi disse solamente: "Figlia mia se è femmina dalle il mio nome e se maschio quello del nonno» Gli e lo promisi fra lacrime amare e lei morì con quell'unica soddisfazione.

Il padre della mia creatura, il bel tenentino, scomparve una mattina con tutta la truppa. Mi sentì delusa, sbandata, e volevo morire. Ma dovevo vivere, dovevo farlo per mettere al mondo un altra vita. Bene o male riuscì a gestire la fattoria.

Un'altra delusione mi tolse ogni speranza. La bambina nacque morta e rimasi per mesi sull'orlo della pazzia. E forse lo sono diventata davvero e non me ne accorsi.»

Le note dello Schiaccianoci si levavano in aria solenni accompagnate dal balletto delle sette pie pie. Così chiamavo ormai le galline essendo complicato ricordarne i nomi.

Da esperte ballerine seguivano il ritmo a passo di danza esibendo una maestria ed una sincronia fuori del comune. Rapiti, io e Margherita, non seguivamo quasi più la signora. Se ne accorse. Si recò in cucina e col coltello in mano fece capire ch'era il momento di tagliare la torta.

Le galline si fermarono di botto, una di esse fermò il disco e si appressarono tutte intorno al dolce. La signora spense in un colpo solo le candeline. Applaudimmo e le galline iniziarono un coro di coccodè ricalcando le note della canzone: *for he's a jolly good fellow.*

La torta era saporitissima e Margherita volle la ricetta. Le galline ebbero ognuna la propria razione serviti in piattini d'argento.

«Alla soglia dei cinquanta vendetti la fattoria e mi stabilì al nord vicino a delle spiagge meravigliose. I risparmi accumulati nel tempo mi consentivano una vita, se non agiata, ma fermamente tranquilla. Poi successe...» Ancora quell'interruzione. Ci scambiammo con Margherita uno sguardo d'intesa.

«Stanca di quel luogo - riprese - mi accasai qui e spero di rimanerci a lungo. Ho le mie galline che mi danno tante soddisfazioni. Ma è un'altra storia che spero di raccontarvi in un altro momento.» Un'ombra di tristezza infinita le solcò il viso. Rimase a pensare ma non gli chiesi nulla.

Guardai l'orologio, il sole attraverso i vetri della veranda era ad una spanna dall'orizzonte. La serata si stava concludendo come meglio non si poteva. Lucy presentendo il nostro commiato si fece d'appresso, in attesa.
«Spero non vi abbia annoiato.» Si scusò la signora un tantino imbarazzata.
«Di una noia deprimente. Vede come siamo emaciati e distrutti?» Scherzò Margherita. Lei capì e fece un largo sorriso.
«Spero di avervi ancora qui non solo per un compleanno. Oggi mi avete reso felice.» Nell'uscire avevo un pizzico di commozione e, mi parve che una lacrima furtiva scendesse dagli occhi della signora.
«C'è qualcosa che la tormenta e che non vuole svelare.» Margherita assentì.
«Forse un giorno ce lo dirà.» Speriamo pensai. Ma in paese già si sapeva.

11

La telefonata di Tonio mi aveva colto di sorpresa nell'offrirmi un rinfresco al ristorante La Pineta. Senza dirmi il motivo, tenendomi in sospeso e chiarendo che me l'avrebbe spiegato personalmente. Accettai in bianco rassicurato dal suo tono entusiastico e confidenziale. Sicuramente qualcosa in positivo, una festa per un decennale, un ventennale od un altra ricorrenza particolare.

«Siete invitati e in modo speciale Lucy, badate ci tengo, poi vi dirò.» Smisi di arrovellarmi sul motivo plausibile, mi sarei tediato la testa inutilmente.

Margherita ne fu entusiasta e non volle sapere nulla di più, assaporando il mistero, la sorpresa e l'incognito dell'evento. La data fu fissata per il sabato sera, giorno ideale scevro di impegni lavorativi.

Il carnevale, al culmine del suo varietà, riempiva le vie di maschere, sfilate e coriandoli.

Nel litorale vi era un fermento simile alla schiuma del mare in burrasca. Nonostante il vento gelido che tagliava la faccia la gente non rinunciava alla passeggiata. Però si stava meglio al riparo, decisamente meglio al caldo del ristorante de La Pineta.

Tonio si produsse in complimenti, in esagerate deferenze ostentando un maggiore riguardo per Lucy. Pareva mangiarla di baci, di carezze, di attenzioni, di soffuse e dolci malinconie inespresse.

La palese evidenza del suo amore verso il pennuto risaltava agli occhi dei pochi avventori. Ma più che avventori si trattava di amici e parenti.

Un lungo tavolo coperto da una tovaglia di seta intessuta a mano ricadeva ai quattro lati in trame di ricamo antiche. Oltre alle posate, ai piatti, i vini, spiccava al centro un vassoio d'argento con dentro un cofanetto blu. Mi chiedevo cosa significava quell'apparato. Una sedia stile ottocento era posta a capotavola.

Tonio c'invitò a sederci ognuno col posto assegnato.

Lucy accanto a Margherita volgeva il capo da un lato all'altro curiosa per il luccichio delle posate.

«Le signore non si fanno aspettare.» Declamò Tonio indirizzando la gallina verso la sedia antica.

Mi chiedevo dove andasse a parare quella servizievole premura verso il pennuto. Tornò poco dopo dalla cucina con una pergamena ad origami d'oro e d'argento e, con fare solenne, volle l'attenzione di tutti i presenti.

«Signori, signore, bambini e la signora Lucy - mi scappò da ridere sguaiatamente ma mi trattenni, la stessa ilarità la vidi negli occhi di Margherita - siamo qui riuniti per un evento importante, della massima considerazione. Prima che si inizino i festeggiamenti - i festeggiamenti, di che? m'interrogai - Oggi è per me una giornata memorabile, paragonabile solo quando ho sposato la mia adorabile moglie Giacinta.»

Una tenda si spostò lasciando passare una donna abbastanza in carne, pienotta se vogliamo, non alta, ma coi tratti del viso delicati ed espressivi. Si mise accanto a Tonio cingendogli i fianchi. Il doppio di lui sia letteralmente che fisicamente.

«Devo dei ringraziamenti prima al qui presente Silvio e alla signora Margherita, amici del cuore, e con immensa gratitudine rivolgo a Lucy un sentito ed eterno "grazie".» Confuso, sbalordito era il meno che potessi essere nel dire e pensare. Ma non volli azzardare alcun ché e mi limitai ad aspettare.

Tonio si staccò dalla moglie e tolse dal tavolo il cofanetto blu dal vassoio d'argento. Il silenzio si fece palpabile, intenso, più fitto dell'erba a primavera.

«Ecco signori - e trasse un anello che, alla luce dei lampadari, riverberò di sfreccianti lamelle d'oro incandescenti - dopo ben sette anni ho ritrovato la testimonianza della mia unione con Giacinta, mia moglie.» Un "oh" di meravigliato compiacimento attraversò gli astanti come la corrente in un filo. Si levò un timido applauso.

Ora Tonio guardava Lucy. Ella beccava beatamente un tortino.

«E' stata lei, è a lei che devo la mia riconoscenza per avere ritrovato la fede che, per me e Giacinta, vale più del suo intrinseco valore materiale, e non è poco.»

Ora subentrava la curiosità. Il finale della storia.

Tanto più che col profumino proveniente dalla cucina sentivo acuirsi la fame.

«Severio!» Chiamò. Da una porta laterale sbucò un cameriere, inappuntabile nella divisa, con un piattino decorato a ghirigori d'oro e d'argento, con sopra una buccia d'uovo diviso a metà. Si pose accanto a Tonio dando l'impressione di un valletto della Regina.

«Ecco signori - stavolta risi e senza trattenermi assai. Non ci fece caso nessuno - in queste bucce ch'era un uovo ho rinvenuto l'anello.» Mi feci serio, fin troppo.

«Erano ben otto anni che l'avevo smarrito e non sapevo dove. Lucy - indicandola - l'eroina alla quale devo tutta la mia gratitudine ha reso questo giorno sublime, indimenticabile, memorabile e...» Venne interrotto da applausi forti e sinceri.

«E' stato un bene averla portata nella saletta delle scorte, una fortuna direi. La fede era in mezzo a tutti quei pacchi, scatole, scatoloni, ed altre decine di involucri, ed io non l'avrei mai trovata senza il suo aiuto. Lei c'è riuscita. E rompendo l'uovo l'ho ritrovato. Fece una pausa e assunse un'aria di costernazione. Vi devo confessare una cosa. L'uovo ero tentato di buttarlo via. Già da venti giorni era nella credenza. Se non fosse caduto per terra, per un mio maldestro tentativo di prendere delle posate non l'avrei mai ritrovato.» Si levò un mormorio. Poi Tonio cambiando repentinamente espressione gridò:

«Oggi è festa e si festeggi, si mangi, si rida, si scoppi di allegria e di vino, si pianga anche ma di gioia e serenità.» Così dicendo infilò, con non poca difficoltà, l'anello al dito di Giacinta.

Lucy indifferente continuava a beccare il tortino.

E fu una serata da segnare nel guinness dei primati. Intervenne perfino un fisarmonicista locale che intrattenne gli ospiti fin dopo la mezzanotte. Si scherzò, si ballò, si parlò di tutto e di niente e qualcuno ebbe la nausea dal troppo bere e mangiare.

Margherita eccitata, con l'umore alle stelle si esibì in un semi-spogliarello con mio gran disappunto e soddisfazione degli altri.

«Dai era una festa - tentò di rabbonirmi in auto - niente di male.» Un po' immusonito, con Lucy in braccio, rientrammo in casa. Poi scoppiammo a ridere che sembravamo appena usciti dal manicomio.

La notte fu un un incendio, che dico? Un rogo dalle proporzioni immani.

12

La signora Concetta, del cortile accanto, teneva una ventina di galline dai vari piumaggi in una stia che ne limitava i movimenti e la libertà di circolazione. Da pulcini ci potevano stare ma poi cresciute si era ristretta l'area di allevamento.

Eppure il cortile era ampio non da starci venti pennuti ma altri mille. Oltre allo spazio per i pennuti insisteva un prato verde, recintato da una siepe di lauri.

Il disagio degli animali in quel piccolo chiuso era evidente, e ogni volta che mi affacciavo lo constatavo, tristemente, da sopra il muretto.

Ripensai agli allevamenti industriali con migliaia e migliaia di polli ammassati, col solo scopo del guadagno e del lucro, a scapito della loro precaria e breve condizione di vita.

Non avrebbero mai visto il sole, l'erba dei prati, la pioggia. Sempre lo stesso becchime, le medicine e mai un'alba o un tramonto.

Non avrebbero avuto mai la gioia di razzolare la terra, la soddisfazione di un vermetto, di una scorribanda inseguendosi reciprocamente, ma una infelice e triste routine fino alla morte.

La signora Concetta, vedova da qualche anno, si mostrava gentile, affabile, poco propensa alle dicerie e pettegolezzi e aveva sempre una buona parola per tutti.

Ma il cortile era tabù. Se ne poteva discutere solo ed esclusivamente con le sue ragioni ed i suoi intendimenti.

Teneva alla natura, al prato, persino agli animaletti circolanti tra l'erba e la recinzione.

Non che non volesse bene ai pennuti tutt'altro! Li accudiva alla stregua di una madre sollecita ed affettuosa, con una pulizia impeccabile e ben nutriti, tanto che parevano piccole botticelle di vino.

Una sera mentre prendevo delle prugne dall'albero mi accorsi che Lucy mi aveva seguito e si era posta sopra il muretto che divideva i cortili.

Guardava le sue consimili nella prigione ove starnazzavano disordinatamente, sofferenti, nello spazio ristretto.

Sul momento mi scappò un sorriso poi stranamente successe. Le galline si zittirono e Lucy iniziò un pigolio come se le stesse istruendo su qualcosa. Sembrava una maestra coi suoi alunni.

La cosa mi stupì e m'incuriosì tanto che rimasi sul posto ad osservare la scena.

Nella gabbia si allinearono compite, attente, in silenzio. Dopo circa mezz'ora ripresero il normale andazzo e Lucy rientrò nella sua postazione in salotto.

Rividi la signora giorni dopo brontolando non so che cosa davanti ai pennuti.

«Vede signor Silvio le ingrate! Le nutro, le ingrasso, do' quanto occorre per farle star bene, e con che mi ripagano? Neppure un uovo in sei giorni, le sembra normale?»

L'idea mi era balenata in mente mentre osservavo Lucy a pigolare sopra il muretto. Ora ne avevo la conferma.

Le aveva catechizzate a dovere mi appariva chiaro l'intento di Lucy. Le galline erano state istruite per uno sciopero a oltranza, una protesta per lo spazio angusto e reclamavano la libertà per un'area più ampia. Ma dovevo dirlo alla signora Concetta? Avrebbe capito? Comunque sia le diedi la dritta.

«Provi a lasciarle un po' libere nel cortile e forse...» Rimase di pietra, sconcertata ma poco propensa al mio consiglio.

«Mi sporcherebbero il prato che curo con tanto amore, con dedizione e poi cosa manca loro? Sono come una mamma, mi preoccupo se qualcuna sta male, do' tutte le attenzioni possibili, mi sento... mi sento tradita, ecco.» Prese a piagnucolare e mi dispiacque.

In fondo non volevo recare nessun disagio a quella pasta di donna. Mi attirava per la sua gentilezza, la disponibilità, l'attenzione e, soprattutto, l'educazione ed il rispetto. Non si lasciava mai sfuggire una parola di troppo o un atteggiamento poco educato.

Le parlai invertendo i ruoli. Ora ero io la mamma e lei la figlioletta incompresa.

«Il cortile è grande assai, potrebbe recintarne una parte, due volte e mezzo la gabbia, e vedrà quanto saranno contente. Sono sicuro che le uova raddoppieranno.»

Mi guardò speranzosa e gli sorrisi condiscendente.

Dalle galline si levò uno starnazzare disordinato come se avessero sentito e capito. Lucy era affacciata alla finestra della veranda.

La signora senza una parola si avviò asciugandosi gli occhi. Credetti di avere sentito un "grazie".

Due giorni dopo era sparita la gabbia ed i pennuti razzolavano nel tratto più in fondo al cortile.

Mi soffermai rapito dallo spettacolo. Correvano ebbre di gioia, saltavano da un trespolo all'altro, si rotolavano nell'erba fresca, innalzando al cielo coccodè di soddisfazione e appagamento.

Vidi uscire dalla stia la signora Concetta con un canestro colmo di uova.

«Aveva ragione signor Silvio, che sciocca sono stata, e vorrei...» Non la lasciai finire ed espressi i miei apprezzamenti ed i complimenti per la nuova sistemazione delle galline.

«Accetti almeno un po' di queste» Disse porgendomi una dozzina di uova.

La ringraziai e rientrai a casa con la contentezza nel cuore. Ma il merito era tutto di Lucy.

Margherita venne all'ora di cena e la frittata fu fenomenale innaffiata abbondantemente dal Vermentino. Facemmo all'amore per quasi tutta la notte e al mattino avevo la testa un po' pesante e avrei voluto dormire ad oltranza. Ma si era di sabato e dovevo sbrigare faccende che non potevo fare durante la settimana. Mi recai prima al tabacchino per pagare delle bollette, poi dal fornaio, in farmacia, ed al mercato per la frutta e verdura.

Da un po' di tempo disertavo la cooperativa. Non mi andava di comprare la merce a spese della signora Lampis, per principio e per non apparire un profittatore. In ultimo mi recai dal macellaio.

Giuseppe, un uomo mingherlino, basso di statura, timido, con una paura segreta dipinta sul volto, sapeva far bene il suo mestiere.

Sezionava le carni ch'era un incanto vederlo. Separava ogni parte con maestria e competenza, ammiccandosi i clienti e, a dirsi incredibile, adorato dalle signore.

«Due fettine del sotto spalla.» Chiesi rispondendo al suo modo di apparire: perenne tristezza ed apprensione. Nel mentre che preparava la carne il mio sguardo cadde sulle carcasse di pollo.

Molte intere altre spezzate in ali, cosce e petto. Ebbi una reazione imprevista. Mi sentii un vuoto ed una nausea improvvisa in testa e nel corpo.

Pensavo che Lucy poteva essere una di quelle come le altre della signora Lampis. Ma che mi veniva in mente? Mi chiesi. Il pollo lo avevo sempre mangiato cucinato in vari modi. Rosolato con le patate, alla diavola, alla brace, al forno, fettine impanate e ricordo mia madre con quanta dovizia preparava il collo ripieno con le spezie e l'uva passa.

Uscii dalla macelleria lasciando il buon Giuseppe sbigottito non riuscendo a capire cosa mi fosse successo. Vomitai sul marciapiede in lunghi conati. Mi si avvicinò la signora dell'edicola sussiegosa chiedendo se avessi bisogno di qualcosa. Mi ripresi.

«No grazie signora è stato un malessere improvviso, sto già meglio.» A casa mi venne un altro accesso che continuò fino alla mezzanotte, fino a quando mi si avvicinò Lucy. Dormii con lei accanto fino al mattino.

13

Per giorni non riuscì a liberarmi di quella sensazione di nausea e di vuoto. Mangiavo essenzialmente verdure, formaggio e pesce. Margherita si prodigava a sminuirne l'importanza asserendo che si trattava di un momentaneo disagio. Non lo dava a vedere ma era contenta che avessi rinunciato alla carne.

Una sera, col vento gelido che tagliava il viso, il freddo si prolungava incontro alla primavera, venne la signora Lampis quasi avesse presentito la mia situazione. Ne rimasi sorpreso sapendo che raramente usciva in paese non avendo amici né parenti cui recarsi per una visita.

«Scusate il disturbo - disse timidamente - passavo di qui ed ho sentito il dovere di salutarvi.» Margherita la fece accomodare e, vedendola infreddolita, le volle offrire un caffè caldo con aggiunta di miele.

Lucy scese dal nido, una *corbula* imbottita di pezze morbide di seta, lana e cotone, e gli venne vicino. Saltò in grembo e si accovacciò soddisfatta.

«Sapete le altre sentono la mancanza di Lucy, sono tristi ed il loro canto non è più forte e vibrante di un tempo. Forse è una mia impressione e non voglio tediarvi con i miei dubbi senili.»

«Ma no signora lei è ben accetta in tutte le ore del giorno, non si faccia scrupoli se ha bisogno ci siamo sempre.» La incoraggiai.

«Sapete si avvicina la primavera e devo dirvi qualcosa.» Sorseggiò il caffè guardandoci tra il serio ed il divertito. Sulle galline, precisò, e non avevamo dubbi.

«Il ventuno di marzo c'è il cambio della stagione, almeno sui calendari, ma il tempo ne combina di tutti i colori. E marzo, sapete, è birichino. Ma, a tratti, lo sono tutti i mesi dell'anno. Ora alle galline, parlo naturalmente di Lucy e delle sorelle, avviene un cambiamento importante.»

Pose con calma la tazza sul tavolino, si sistemò meglio sulla poltrona con un'aria da cospiratrice.

«Il cambiamento non è legato al clima sia esso caldo, freddo o piovoso come può esserlo la primavera, piuttosto alla rotazione solare. Ecco, nei sei giorni successivi alla scadenza del cambio stagione le galline cambiano il colore del loro piumaggio» la rivelazione ci colse di sorpresa.

Si sapeva di altri animali in cui avveniva il mutamento per ragioni particolari, ma era una novità assoluta sulle galline, almeno per quelle domestiche e gli uccelli in generale.

«Ora al ventuno di marzo saranno bianche come la neve. E dovevo precisare l'evento per non incorrere in concezioni sbagliate come ad esempio, causa di malattie o altre simili cose.» Annuii.

«Quindi - replicai - il ventun marzo, il ventun giugno e il ventun settembre...» Sorrise.

«Bianco, azzurro e argento, ora da bionde, il ventun marzo passeranno al bianco. Oh! un candido manto più splendente della neve appena scesa...»

Lucy impettita, solenne si avviò al nido passando sopra il tavolo e la spalla di Margherita. Al ventuno mancavano appena due giorni.

«C'è un altra cosa che devo dirvi - e divenne seria fissandoci dritta negli occhi - nei sei giorni di muta cadono in catalessi. La prima volta pensavo fossero morte, e mi disperai. Le trovai rigide, fredde senza segni di vita. Però notai qualcosa negli occhi. Un luccichio intermittente e pensai un riverbero per qualche fonte di luce. Preoccupata chiamai il veterinario.

Già le piume e le penne tendevano a scolorirsi e pensai fosse dovuto al deterioramento del corpo. Il dottore visitandole ne accertò la morte auscultandole il cuore e m'invitò a seppellirle al più presto.

Piansi tutta la notte fino al mattino. Il piumaggio diveniva man mano di un pallido blu. Rassegnata ma curiosa di quel cambiamento decisi di tenerle per un giorno ancora, e si era al quarto.

Il mattino dopo si erano colorate più intensamente ma ero stufa di attendere e avrei fatto quel che mi aveva consigliato il veterinario.

All'alba presi un sacco ed una pala. Ma quale fu la sorpresa quando le vidi di un azzurro intenso come la volta celeste. E si muovevano! Voltavano il capo a destra e sinistra, alzavano il becco in su e giù, stendevano le ali e chioccolavano tra loro come vecchie comari.

Il calendario segnava il ventisette giugno e si erano colorate di un bell'azzurro celeste. Ed è doveroso da parte mia farvi sapere.»

Ma ogni volta in presenza sua, di Lucy e delle altre galline mi saliva in cima un pensiero che avevo sempre tralasciato di esporre. Forse per deferenza, coraggio ma che che ritenevo importante, fondamentale, direi.

«Come le ha avute, è possibile sapere la provenienza, e mi scusi per l'improntitudine.» Un sorriso stanco gli disegnò il volto.

«Scusa posso darti del tu? E' da tempo che ci conosciamo e per me siete dei figli, e come tali mi voglio spiegare e confidare. Il "lei" mi da un senso di distanza, di persone estranee tra loro.. E noi non lo siamo, ormai.» Fui concorde, e proseguì.

«No, no sig... caro Silvio è naturale che si ponga tale domanda, avrei voluto dirtelo ma me ne è mancato il tempo e l'occasione o forse, in verità, me ne sono dimenticata.»

Margherita gli pose accanto il moscato ed i suoi occhi si accesero in un brillio di soddisfazione.

«Oh! Non pensiate che sia una ubriacona, Alla mia età non vi è rimorso per un peccatuccio, con gli anni che passano ogni lasciata è persa. Erano - riprese sulle galline - come tutte le altre. Razzolavano, sporcavano, bisticciavano, un pollaio normale.

Le comprai a pulcini implumi da un vecchio ambulante che non avevo mai visto in paese. Allora ero su al nord e avevo appena venduto il tenimento e comprato casa.

L'ambulante teneva due gabbie, una coi pulcini e l'altra con dei conigli. Volevo i conigli ma lui mi dissuase. "Si tenga i pulcini le daranno tante soddisfazioni." Non volli né gli uni né gli altri, pensando così di liquidarlo. Non disse nulla e se andò.

Il giorno dopo lo rividi allo stesso posto nella medesima posizione accanto alle gabbie. Sentii l'inquietudine nel pigolio dei pulcini e ne rimasi colpita. Li avrebbe nutriti ancora o li avrebbe abbandonati al loro destino? Non riuscii a levarmi quel tarlo e la sera decisi di acquistarli.»

«E i conigli?» Chiesi curioso e in apprensione. Ormai prendevo a cuore qualsiasi cosa vivesse sulla terra.

«Trovarono una sistemazione in una fattoria di campagna.» Non vidi mai più né loro né il venditore. Sistemai i pennuti in una stia recintata.

Non mi fu difficile occuparmi di loro data l'esperienza avuta nella fattoria paterna ma capii che chiunque avrebbe potuto allevare dei polli.

Crebbero notevolmente e a otto mesi erano davvero delle belle galline. Poi non saprei spiegare cosa fosse accaduto. Non ne ho mai parlato con nessuno. Tu e Margherita siete i primi a saperlo» Captavo attento come un'antenna ad alta frequenza.

«Ricordo quella notte del dieci agosto, di San Lorenzo, e le comete su nel cielo stellato che guardavo dalla veranda. Esprimevo i desideri sentendomi un po' sciocca, e mi divertiva.

Andai a letto tardi godendomi lo sfavillio del cielo. Ebbi l'impressione che le comete cadessero poco distanti, addirittura in cortile. Poi sentì due aerei sfrecciare e credetti avessero sfondato il tetto.

Obnubilata dalla stanchezza accumulata mi addormentai in un sonno profondo e senza sogni.

Svegliandomi al mattino mi recai immediatamente al pollaio. La prima cosa che notai fu uno strano mangime simili ai grani del verderame. Li per li non ci feci caso anche perché dopo poche ore di quel becchime non v'era traccia.

Tre giorni dopo non riuscivo a credere ai miei occhi. Il piumaggio si colorava di un azzurro tenue che poi divenne intenso. Dopo il sesto le vidi pulite, splendenti e non defecavano più.

Dire sbalordimento non rende l'idea. Quando aprii il cancelletto sgattaiolarono all'unisono verso la casa e rimasero in attesa sul davanzale.

Ciò che chiedevano mi riuscì di capirlo all'istante. Presero posto sulla mensola, allineate e compite, come voi le avete viste. Così iniziai quella strana convivenza. E ne fui felice. Una compagnia inaspettata che si rivelò confortevole, deliziosa, e non mi sentivo più sola.»

«Quindi quel mangime o come lo si voglia chiamare è stato la causa del cambiamento.» Chiese Margherita prevenendomi.

«In un certo senso direi di si, e non ho mai capito la provenienza. Ci ho pensato spesso, arrovellandomi inutilmente. Potrebbe essere caduto dalle comete, dagli aerei, posto da qualcuno entrato furtivamente in cortile o da qualche altra causa a me sconosciuta. Non so ed ho rinunciato, ormai, a pensarci su.»

Gli riempii il bicchierino e la invitai a cena. Rimase volentieri e mangiò con soddisfazione. Bevve il vermentino, prese il caffè, l'amaro ed il bicchiere della staffa. Ora il suo parlottio assomigliava ad un vocio simile al chioccolio delle galline.

L'accompagnai a casa mentre un vento forte e freddo di tramontana scuoteva i rami degli olmi giù nel canalone.

14

Simone Cadau era uno di quelli che "non la mandava a dire" come si dice in gergo comune. Cioè diceva le cose in faccia così com'erano senza nessuna diplomazia. E me lo disse in Comune papale papale.

«Così hai la gallina dalle uova d'oro, eh, anzi dagli anelli e diamanti.» Era stato alla Pineta cui Tonio ne aveva sparso la voce ai quattro venti.

«Ed hai anche vinto al superenalotto.» Quest'ultima affermazione mi raggelò. Chi poteva essere la fonte, la bocca di rosa se non Pasquale il tabaccaio? Eppure m'aveva promesso, giurato di tenere la bocca chiusa, nonostante il premio in denaro.

«E della signora Lampis che mi dici, delle sue galline?» Stavolta risposi.

«Che ne sai di lei, dei suoi animali e della sua vita privata?» Sorrise sornione.

«Mi spiace dirlo ma la signora ti ha ingannato. Non è come sembra, ha un passato tutt'altro che da monachella.» Sapevo ch'era una lingua di serpe ma collegai le reticenze di Matilde nei suoi discorsi e ne presi atto.

«Abbi rispetto per una brava persona, per la sua età perlomeno. Non ti permetto le calunnie - ero fuori di me - potrei denunciarti.» lo dissi poco convinto sapendo che Simone Cadau crudo nel parlare diceva sempre la verità.

«In paese è risaputo non preoccuparti, forse ne sanno più del sottoscritto. Non ho nulla contro di te Silvio, voglio semplicemente avvisarti. Per il tuo bene. Riguardati finché sei in tempo.»

Rimasi sconcertato, assente, tanto che il sindaco vedendomi imbambolato si preoccupò chiedendomi se stavo bene. Dell'accaduto non ne informai Margherita.

Dovevo essere sicuro dei fatti e non basarmi sulle dicerie o pettegolezzi. Ma vox populi! Mi dava fastidio che la cosa fosse diffusa in paese.

La notizia si sarebbe allargata come i cerchi nell'acqua, si sarebbero congetturate mille supposizioni, ampliate in modo tale da distorcere la realtà. Un'assassina! Non ci potevo credere, nel modo più assoluto. Ma ad essere sincero ne avevo sentore da tempo. Ascoltavo senza volerlo i bisbiglii sussurrati, vedevo tra loro gli sguardi furtivi da ladri, i sorrisetti da complici interessati, e non usavo intrattenermi al bar per paura della verità.

E Margherita sapeva molto più di me quando gli e ne parlai ma attribuiva le accuse a voci prive di fondamento.

«Un'accusa infamante se è falsa, orribile se vera. Intanto ha nascosto la verità. E' stata sposata, senza figli, ed ha ucciso il marito, secondo la sentenza del Tribunale. Condannata per omicidio premeditato, a vent'anni di reclusione, pena rimodulata in appello a omicidio colposo per la presentazione di prove e ridotta a tre anni di reclusione, con la condizionale.»

Rimasi a boccheggiare come un pesce fuor d'acqua. Non volendo credere a tanto volli difenderla ad oltranza senza se e senza ma.

«Ciò che effettivamente è successo è solo lei a saperlo, avrà le sue ragioni, ma all'accusa si ha diritto alla difesa. E la giustizia dell'uomo è imperfetta.»

«Ora la gente sa. Dei pennuti, della vincita, dell'anello al ristorante persino del mancato incidente e, credo molto di più. E' incuriosita e attribuisce a Matilde poteri demoniaci.»

«E' passato il tempo delle streghe al rogo.» Tentò di consolarmi.

«In modo diverso ma è un fuoco ancor più bruciante.» Ribattei. Rimase in rispettoso silenzio.

Ero affranto, distrutto e ne andava del prestigio e dell'onorabilità dell'impiego che ricoprivo. Ma me ne importava quanto una cicca sul marciapiede. Volevo sapere, capire e solo parlando con lei avrei potuto farmi un resoconto della realtà e sapere i fatti senza fraintendimenti.

Margherita fu d'accordo. Lucy captò le nostre preoccupazioni e rimase agitata fino alle prime luci dell'alba. La sentimmo pigolare in una triste cantilena e zampettare per la casa come un'anima in pena.

Alle tre del mattino squillò il cellulare. Era lei, Matilde. Dalla voce traspariva agitazione e paura.

«Ho appena sentito uno schianto, sono uscita ed ho visto la palizzata divelta ed una figura scomparire nel buio.»

«Stai tranquilla, sarà stato qualche ubriaco, altre volte è successo?» Restò un po' in silenzio poi sentì la voce di pianto.

«Non ti ho detto mai niente, mi tengo i miei guai e non voglio coinvolgere nessuno. Da tempo, da quando mi sono insediata qui, mi tirano sassi sul tetto, bussano alle finestre, ricevo telefonate anonime, sono una donna sola, isolata, ed ho paura.»

La voce divenne fievole, un sussurro. Poi seguì un lungo silenzio. Ma era rimasta in linea.

«Matilde mi senti, pronto! Chiama i carabinieri, presenta una denuncia, altrimenti sarà peggio che mai.»

«Non posso.» E riattaccò. I dubbi, i sospetti, quel che si mormorava in paese, le affermazioni di Simone Cadau venivano a galla.

Non so, non saprei spiegarlo, so che c'è sempre stato in me quel certo senso di vedere dentro le persone, con alcune eccezioni, vero, e nel caso di Matilde sentivo un'altra storia, una diversa versione dei fatti.

Dovevo scoprirlo. L'unico modo era che lei aprisse l'animo e mi rivelasse il segreto che le tormentava la vita.

Ormai il sonno se ne era andato, rimasi a pensare fino al mattino. Mi sentivo uno straccio.

Al rientro dall'ufficio, mi rinchiusi in casa per evitare gli sguardi della gente ed il loro contatto.

Margherita mi trovò sul divano addormentato ed in preda a scosse

elettriche come se fossi attaccato alla corrente.
Avevo fame e mangiai del minestrone ed una frittata di cipolle. Ci scambiammo poche parole inframmezzate da lunghi silenzi, più eloquenti di qualunque discorso.
Lucy non volle mangiare e si rispose sulla mensola come un riccio in letargo. Ginger mangiò a sazietà stirandosi soddisfatto. Che poteva importare al felino delle umane miserie?

15

Matilde ci accolse seria, stanca nel corpo nell'anima. Le cinque galline guardavano la televisione. Lucy si aggregò alle altre. Era l'ora dei Simpson. Fuori era stato divelto il cancelletto della recinzione in un mucchio di assi alla rinfusa. Palesemente intenzionale.

«Ero alla finestra - iniziò a raccontare Matilde - dormo poco e spesso sto seduta al buio a pensare. l'ho visto attraversare il cortile e guardare attraverso i vetri. In quel momento la paura era scomparsa e, dal camino, presi l'attizzatoio. Accortosi delle mie intenzioni è scappato.

Vidi solamente una sagoma che si defilava nel buio. Mi riprese la paura e tremavo come una foglia. E come vi ho accennato al telefono ho avuto altre sorprese.»

«Ma perché ce lo hai tenuto nascosto?» Chiese Margherita in tono suadente e conciliante. Parevano essersi invertite le parti di nonna e nipote.

«Non volevo coinvolgervi in nessun modo: ci tenevo e ci tengo alla vostra amicizia. Vi avrei creato disagi. Così ho deciso, ma ho sbagliato. Ed i nodi vengono sempre al pettine. Forse senza queste galline...»

«Sarà un bene averle, o forse il destino ha deciso altrimenti, non possiamo saperlo. Il tempo ci dirà come e quando.» Margherita le prese una mano.

«Sono venuta in questo paese in cerca di pace e tranquillità, pensavo di avere dato un senso alla vita... e vi racconterò. Perdonatemi per le reticenze.»

«La gente spesso e volentieri - ripresi io il filo - sparla a sproposito senza sapere, basandosi sul comune intendimento, e segue un cammino in gregge: l'una segue l'altra. Matilde noi ti siamo vicini, qualunque cosa tu abbia fatto. La nostra stima non verrà meno.» Sospirò rassegnata. Poi gli brillarono gli occhi ed intravidi la risolutezza e il coraggio di una donna che aveva lungamente sofferto e soffriva, ahimè, ancora.

«Mi spiano continuamente, lo so. E' giunto il momento di porre fine alle menzogne e ai falsi intendimenti.» I pennuti seguitavano a guardare i Simpson.

«Quando vendetti il tenimento conoscevo già Artemio, il mio futuro marito, un commerciante di pelli. Una brava persona, gentile, rispettosa ma non bastava per evitare i litigi. Al nord si stava bene, non ci mancava mai nulla e la casa era in comproprietà.

Per tutti e due la gioventù, ormai, era sfiorita, e si entrava in quella età in cui ci si adagia nell'affetto e nella comprensione reciproca.

I primi tempi sembravano scorrere a tarallucci e vino, poi vennero i primi dissidi. Il vicino, persona curiosa ed impertinente, sentiva le nostre contrapposte opinioni. Ci scappavano spesso le urla, minacce ed altri peggiori epiteti.

Quella sera, prima della gita domenicale organizzata dalla pro-loco, si era bisticciato di brutto. Erano volate scarpe, sedie ed altri oggetti a portata di mano. Scagliai un soprammobile frantumando un vetro della porta finestra. Ciò fu visto non solo dal vicino di casa ma da alcuni passanti in strada. In qualche modo ristabilimmo la pace. Nella notte era caduta una pioggerellina imbevendo la campagna e il paese.

La gita si svolse in allegria fino al promontorio ove si ergeva la statua della Madonna subito dopo il dirupo. Per una promessa fatta dovevo rendere grazie e recarmi sul posto.

In una quiescenza di pace e armonia visitavamo il sito ricco di bellezze naturali ed archeologiche. Nel santuario dedicato alla Vergine si potevano ammirare affreschi di santi, profeti e la passione di Cristo.

Dopo l'agriturismo, ove si era mangiato e bevuto, la passeggiata ci condusse nei pressi ove sorgeva la statua della Vergine Santa, antistante il dirupo.

Con la Canon riprendevo il panorama e quanto ritenevo ci fosse d'interessante. Dissi ad Artemio se voleva essere immortalato. Acconsentì e si pose a fianco della Madonna. Salì sopra un tavolato di pietra nuda e misi a fuoco. Non so come, non seppi spiegarlo e non so dire, ancora oggi, come successe. Scivolai e andai a sbattere su Artemio, senza riuscire ad arrestarmi. Fu tutt'uno investirlo e precipitare nel vuoto. Istintivamente riuscii ad afferrarmi ad un anello infisso nel basamento, a fianco del simulacro. Lasciai andare la macchina fotografica e scivolai nell'incoscienza. Disorientata non capivo più nulla.

Fui accusata di omicidio premeditato. A mio sfavore testimoniò il vicino di casa ed altre persone. Riportarono, davanti al giudice, le minacce di morte dette nell'ora di rabbia, durante il litigio. Inutili le controdeduzioni della difesa. Mi sentivo perduta ed abbandonata. Non m'importava di nulla.

Nessuno volle credere alla mia versione che era, dopotutto, semplicemente la verità.

Ero distrutta, non per le accuse o la mia eventuale condanna, soffrivo per la scomparsa di Artemio. In cuor mio, in coscienza, mi ritenevo in colpa. In fondo le volevo bene nonostante i dissapori. Avrei voluto cadere io nel burrone al posto suo.

Comunque, dopo le ispezioni ed i rilevamenti del luogo, riscontrarono, fortunatamente, le tracce dello scivolamento. L'arringa dell'avvocato che, seppur alle prime armi, si dimostrò brillante, convincente e soprattutto capace. In un primo momento non ricordai la presenza, sul posto dell'incidente, di un giovane, un certo Luigino Piras di cui conoscevo i componenti della famiglia, residente in un paese vicino. Costui mi aiutò a rialzarmi intontita e confusa. Lo seppi tempo dopo a sentenza ormai pronunciata. Fui condannata, con le attenuanti, a tre anni di carcere con la condizionale.

La mia vita prese una piega diversa da quella che avevo sperato. Vedevo gli sguardi ostili della gente seguirmi ad ogni passo. Ero, ormai, irrimediabilmente marchiata d'infamia e di assassinio.

——

Mi evitavano e non rispondevano al saluto. M'isolarono come un cane idrofobo.

Delusa e lacerata dalla disperazione me ne andai in un posto lontano sperando di trovare un po' di pace. E fu nel nuovo paese che comprai le galline. Un modo per non sentirmi sola.

Seppero anche lì dei miei guai giudiziari. Cambiai nuovamente: altro trasloco, altra destinazione.»

Ed anche qui si è sparsa la voce.» Mi dispiace, sinceramente, dissi convinto.

«Avrei meritato anche l'ergastolo se fossi stata intenzionata, ma il sentirmi innocente di fronte alla convinzione della gente che io sia irrimediabilmente colpevole, un'assassina, quella di avere ucciso intenzionalmente Artemio mi distrugge nel corpo e nell'anima.»

Rimasi un po' in silenzio a riflettere. Che fare? Mi rincuorava il fatto di non avere nessun dubbio sulla sua buona fede.

«E le galline?» Chiesi notando la mensola vuota. Erano uscite? per dove? quando? nessuno si era accorto di niente. Matilde parve sconcertata ma non lo era.

«Non so, è successo altre volte, apparentemente senza un motivo, una spiegazione. Ma c'è qualcosa nell'aria.

Strillò il campanello. Attraverso i vetri vidi i carabinieri. Gracchiò il citofono.

«Apra signora, vorremmo parlarle un momento, non si preoccupi, una formalità. Grazie.»

16

Il maresciallo un uomo anziano, all'antica, coi baffi anacronistici a manubrio, parve mortificato nel dire di certe voci in paese e di un esposto da parte di anonimi. L'accompagnava un giovane forse alle prime armi e l'epiteto calzava a pennello con quella dei carabinieri.

«Ci hanno riferito di certe galline... miracolose, ecco, non so come dire, dai poteri paranormali, ma la lettera le definisce demoniache.» Fece un sorriso di complicità quasi a confermare il suo scetticismo.

Tranquillamente Matilde volle offrire un caffè accettato ben volentieri.

«Vede lei qui in casa galline signor Maresciallo? Non dovrebbero stare invece in cortile nel loro luogo naturale?» L'uomo ridiventò serio, perplesso.

«Nella lettera... v'è scritto che le tiene sopra una mensola in bella vista. Ma in effetti...» Concluse girandosi intorno.

Ed in vero lo ero anch'io. Delle galline nessuna traccia. E Matilde era tranquilla, per nulla turbata. Si sentirono degli starnazzi.

«Sente? Venga con me.» Ci alzammo e rimasi stupefatto. Le sette galline si azzuffavano tra loro, correvano, razzolavano la terra, con le penne e piume arruffate, di un diverso colore tra il grigio e il marrone. Sporche di fango ed escrementi! Normali come tutte le galline del mondo.

Il maresciallo ed il giovane accompagnatore presero atto su un taccuino e mostrarono il loro rincrescimento nelle espressioni del viso.

«Ci scusi tanto signora, ma noi...» Lo interruppe Margherita, ringalluzzita dal buon andamento della vicenda.

«Avete fatto solo il vostro dovere, non ci dovete nessuna scusa. Ma come vedete non ci sono né diavoli e né santi intorno.» Il sottufficiale si congedò con un breve saluto.

I nostri occhi s'intrecciarono con quelli di Matilde chiedendo spiegazioni. Lei parlò timidamente, come colta in fallo.

«Ecco so e non so, ma ne avevo sentore. Non sono nuova a cose del genere e conosco il loro modo di fare.

Stamattina le ho viste... confabulare. Ele è corsa in cortile e poi è rientrata. Le altre scrutavano fuori infine si sono riposizionate come se avessero risolto un dilemma.

«Sapevano dei carabinieri.» Dissi. Matilde annuì seria e contenta.

Intanto fuori il baccano avicolo aumentava d'intensità con strilli, beccate, peana di vittorie, e spargimento di piume.

Ridemmo con gusto e prendemmo volentieri l'amaro, di sua produzione, che la donna ci offriva.

«Mi sono chiesto - sbottai, ma ci ho pensato spesso - per quale motivo non hai mai tentato la fortuna avendone il modo e la possibilità.» Lo dissi in riferimento alle mie vincite al superenalotto.

«No, non ho mai avuto di quelle tendenze, mai curata, l'unico gioco che ho imparato da bambina è saltare la corda e quelli altri che non ricordo il nome. Mi basta stare tranquilla, in pace con me ed il prossimo. Purtroppo...» La vidi sul punto di piangere. Intanto erano cessati i rumori in cortile. Mi affacciai e delle galline nemmeno l'ombra.

«Scomparse - dissi- ma dove sono?»

«A cambiarsi» Pronunciò candidamente Matilde, ricomponendosi.

«Hanno uno spogliatoio? un guardaroba o, meglio, un *guardapiume*, una sala in cui...» Non mi trattenni e scoppiai in una sonora rista. Fu contagiosa. Margherita moriva dalla curiosità.

«Non so come spiegarvelo - riprese Matilde - una sorta di camera stagna ove... ma è bene che vi faccia vedere.»

Si alzò e ci condusse ad una porta quasi in fondo ad un corridoio. Schiacciò un bottone e il pesante blindato si aprì senza rumore. Dietro apparve una piccola sala illuminata da una luce tra il verde e l'arancione. Al centro, sopra un ripiano, ristava un cono che ricordava le camere iperbariche degli ospedali.

Nel soffitto pendevano strani aggeggi somiglianti a degli altoparlanti ad alta definizione, e sulle pareti dei pannelli zigrinati ne completavano l'aspetto.

Un cunicolo si stagliava in fondo alla parete chiuso da una porticina. Probabilmente l'uscita per le galline. Ma per dove, in quale punto andava a sbucare?

«Incredibile! - esclamai - com'è possibile...» Matilde non mi lasciò completare la frase.

«Non chiedetemi come e perché, l'ho scoperto giorni dopo comprato la casa. Potrebbero aver combinato la cosa i pennuti. Non posso darvi una spiegazione accettabile.» Un ronzio seguito da strilli intermittenti distolse la nostra attenzione.

«Presto bisogna uscire, prima che si chiuda la porta.» C'invitò la signora allarmata. Quasi di corsa e appena in tempo lasciammo la sala. Il pesante portone si chiuse come si era aperto: silenziosamente.

Le galline avevano riguadagnato la postazione usuale. Belle, linde, pulite col colore stagionale stavano allineate in fila come statuine di porcellana. Non appena mi vide Lucy mi si mise a fianco.

La giornata volgeva al termine areolata da una pallida luce all'orizzonte. Nel lasciare la casa venni pervaso da un senso di inappagato mistero. E mi chiedevo se fossi reale in questo mondo oppure stavo vivendo in una dimensione diversa, oppure dentro un sogno in cui al risveglio tutto fosse svanito nel nulla.

Salendo in macchina il dolore alla spalla mi confermò che vivevo nel mondo infame ed ero partecipe di una straordinaria e misteriosa avventura. Lucy si accomodò dietro il sedile e pareva ridesse sorniona.

17

La primavera incipiente svegliava la natura, coi fiori, gli insetti il primo caldo come se sulla terra dovesse ricominciare la vita. In effetti dopo il freddo invernale, gli alberi spogli ed il cielo grigio si aveva quella impressione. Ma la vita era solo latente, sotto la neve, nei rami spogli, nelle profondità della terra, ovunque ci fosse l'aria, l'acqua, il fuoco.

Spesso dopo il pranzo mi assaliva un rilassamento che sfociava in una pennichella all'aperto disteso nello sdraio sotto il pruno in fiore. I pennuti del cortile accanto starnazzavano a pieno ritmo, felici della libertà ritrovata.

Ben presto i festoni delle roselline rosse rampicanti, ancora in boccio, avrebbero adornato il cortile, sarebbero fioriti i lillà, i fior d'angelo insieme ai gerani. La menta, la lavanda e la salvia crescevano già rigogliose vicino al muro.

In un dolce oblio, inondato dal sole primaverile, mi beavo dei loro forti profumi.

Mi svegliavo dal breve sonno pensando immediatamente alla signora Lampis ed al mistero dei suoi pennuti.

Non riuscivo a capacitarmi. Era un caleidoscopio di concezioni, di idee, di supposizioni e accettarle così nella loro interezza, senza pormi assillanti problemi.

Spesso mi scervellavo inutilmente fino a dolermi la testa nel tentativo di trovare una ragione, una spiegazione logica e plausibile. E finivo sempre in un *cul de sac*. E men che meno battagliando con Margherita.

La domenica mattina mi si presentò scialba, incolore, con una leggera foschia all'orizzonte. Uscii in piazza per una boccata d'aria. Giunsi ad una sorta di giardino all'aperto. Mi sentivo svuotato, con la mente in stallo, in un limbo piatto senza gioie e né dolori.

Sedetti svogliato sulla panchina sotto un pergolato di vite nel pieno rigoglio vegetativo. I grappoli acerbi pendevano da sotto simili agli oggetti posti sotto la pentolaccia a carnevale. Un leggero torpore m'indusse a rilassarmi, riposare la mente ed estraniarmi dal mondo.

Un venticello di maestrale mitigava il caldo incipiente della tarda primavera. Sul punto di assopirmi un merlo iniziò un peana amoroso seguito da una zaffata bianca direttamente in faccia.

"Mascalzone maleducato". Pronunciai irritato mentre mi ripulivo.

Sentii il segnale di un messaggio sul cellulare. La solita pubblicità. Mi trattenni a frugare fra le e-mail, le notizie quotidiane, sulle foto d'archivio. Ormai ero completamente sveglio e sul chi vive a causa del merlo. Continuava imperterrito ed impunito tra le foglie dei rami.

Alcune foto risalivano fino a quattro anni addietro. Sostituendo il telefonino avevo cancellato le precedenti memorizzandole in un supporto esterno. Rivissi le gite ad Alghero, le vacanza in Corsica, la fuoriuscita a

Londra, i paesaggi della Spagna, le improvvise escursioni nelle campagne assolate della Sardegna, quelle ove posavo credendomi un divo, le feste paesane, in compagnia di vertenti e occasionali amici. Via via giunsi alle più recenti. Quelle dell'ultimo anno. Rividi con piacere Margherita, la signora Matilde e le galline. Arrivai alle foto di quel Natale con la casa della signora coperta di neve.
Nel cellulare ogni evento era segnato da una data e dall'ora. E non potevo sbagliarmi né equivocare la foto. In quel 25 Dicembre il villino appariva come in un giorno di primavera, senza neve, col prato verde, il fosso marrone e le tegole rosse. La normalità degli olmi senza foglie completavano il quadro. Non è possibile, mi dissi. Eppure, testimoni Margherita e signora, la casa ed il giardino era imbiancati di neve. Nelle foto non appariva! Uno scherzo dell'apparecchio o una sostituzione involontaria?
Completamente sveglio e sul chi vive chiamai Margherita. Fece spallucce.
«Un altro scherzo delle galline?» Già pensai rassegnato, non avrei potuto mostrarlo alle future generazioni.
Rinunciai a capire relegando il fatto agli altri insoluti che, difficilmente, avrei trovato una possibile spiegazione.
«Facciamocene una ragione nostra.» Concluse Margherita semiseria.

∧∧∧∧∧∧∧∧∧∧∧∧∧∧

Intanto in paese l'ostilità, la diffidenza verso la Lampis aumentava gonfiandosi di nuove e gratuite congetture. Sentivo i discorsi al bar, in negozio, per strada, ovunque vi fosse un assembramento voluto o casuale.
Mi spiaceva per lei. Ostentavano, anche nei miei confronti, un che di malcelata diffidenza. Lo capivo dai loro sguardi e dalle tergiversazioni a buon mercato.
La mia posizione di pubblico ufficiale con un lavoro allo sportello, sempre in contatto con le persone, mi dava l'opportunità di sapere le opinioni ed i giudizi dei paesani più di chiunque altro.
I fatti di Matilde Lampis fermentavano come l'uva nelle bigonce.
Più di ogni cosa era la nomea, la leggenda che aureolava in modo negativo la sua figura. Veniva additata al pubblico ludibrio come un'infamante assassina.
Mi spiaceva ma ero impotente. La gente m'imputava di complicità manifesta ogni qualvolta la difendevo dagli attacchi gratuiti.
«Dalla parte del crimine eh?» Mi apostrofavano senza meditarne e soppesarne le motivazioni. Mi spiaceva, si mi spiaceva e non poco.
Dal pruno caddero dei fiori mossi dai pettirossi in amore.
Margherita apparve da sotto il pergolato e mi si avvicinò sorniona e indagatrice. Ma si tenne sulle sue accarezzando Ginger nel frattempo sbucato dalla catasta di legna.
«Sarebbe sprecato starcene a casa - propose - in una giornata così bella e

invitante.» Meccanicamente mi alzai o, meglio resuscitai, intendendo l'invito di lei come un "Lazzaro alzati e cammina".

«Dove?» Chiesi.

«Dove vuoi, ma lontano da qui.»

«Okay.» Ormai ci eravamo americanizzati. Fra qualche decennio il nostro vocabolario si sarebbe mischiato a quello inglese. Dante si rivoltava nella tomba.

Nel sorpassare il cartello che indicava il confine fra le province, non avevo ancora deciso una meta prefissata. Vagavo, si suol dire, alla cieca.

Man mano che salivo vedevo le valli nella loro bellezza, distese di verde, macchie bianche in movimento e, sopra, a sfiorare le rocce, tavolozze di nuvole erranti in un cielo azzurro e pulito di primavera.

E m'inoltravo sempre più nei contrafforti montuosi. L'interno non mi era parso mai così bello. Si respirava a pieni polmoni l'aria salubre degli altipiani, godendo del paradiso in terra.

«Siamo in direzione del santuario. L'avevi previsto?» Chiese Margherita.

«Affatto - la rassicurai - è come se qualcuno mi avesse guidato, nulla di programmato, come un naufrago alla deriva.» Guardammo all'unisono Lucy. E ridemmo.

Dopo una serie di curve a zig zag si saliva ed apparve il paese. Un agglomerato di case coi tetti rossi come una colata di ferro fuso. In alto si stagliava il Santuario, imponente, ammonitore. Il luogo fatidico ove si era consumato il delitto.

Dopo una breve sosta in un bar e l'acquisto di formaggi e vini locali giungemmo sotto la statua della Madonna.

«E' necessario che ci scappi il morto, prima che si mettano le cose in sicurezza» Considerai nel vedere una ringhiera in metallo a protezione dal dirupo ove era caduto Artemio.

Dall'alto si poteva ammirare la piana sottostante che si digradava fino ai paesi lontani e la linea evanescente del mare.

Lucy si mise a razzolare sotto la roccia ove poggiava il piedistallo del simulacro.

«Che gli è preso - si chiese Margherita sconcertata - non è nel suo stile di vita quel modo di fare.»

«Si comporta come le altre galline, che si stia convertendo alla normale routine?» Dissi tra lo scettico ed il divertito.

Scavò abbastanza spandendo la terra umida all'intorno e, in mezzo, si evidenziò un oggetto. Ecco, pensai, sapeva il fatto suo.

Era un pezzo di plastica dura, sporca di terra, per il momento senza nessun significato. Esaminandola meglio e ripulendola capii.

«La leva di una macchina fotografica, direi quella che consente di scattare le foto.»

«E a che ci serve?» Chiese Margherita perplessa. Lucy salì sopra la staccionata vicino al burrone godendosi il panorama.

«Non so - risposi - teniamola e poi vedremo» Forse Lucy ci stava indicando una via da seguire? Ormai non mi meravigliava più nulla e prendevo gli atteggiamenti della gallina in modo del tutto normale. Ma pensavo... a cosa? Rinunciai. Continuammo l'escursione nel monte camminando nei sentieri sterrati di ghiaia..

In un chiosco Margherita volle una piccola birra ed io mangiai un dolce di sapa innaffiato da un bicchiere di Vermentino DOC.

Il viaggio si concluse col buio della sera. Mi sentivo dolcemente un po' stanco e affamato. Preparai una cena frugale con le uova di Lucy e un'insalata di pomodoro. Un risolino malizioso increspava le labbra di Margherita.

«Hai notato la "differenza" quando le mangi e quando no?» Avevo capito perfettamente ma feci lo gnorri.

«In che senso?» Si protese languida e mi venne vicina.

«Nel senso... in cui c'è il senso» E rise impudica e lasciva. Sul punto di lasciarmi andare alle sdolcinature mi riscossi. Ricordai all'improvviso. La macchina fotografica! Matilde ne aveva accennato. Era caduta durante lo scivolamento.

La levetta si era staccata a contatto col suolo. Ma che nesso c'era? Il reperto non provava gran ché. Lucy, col suo razzolare ci suggeriva qualcosa? Ma cosa Gesù? Un turbine di pensieri mi mulinavano in testa.

«Sveglia bello che si fa giorno!» Margherita si era accostata lasciva e si era tolta la camicetta.

«Ah si le uova!» Dimenticai Lucy e la Canon ripiombando nel presente. Piacevole, sensuale e... Margherita ormai senza freni.

Non furono nove settimane e mezzo ma ci mancava poco. Esausti, affranti e crogiolati in una piacevole estasi amorosa ci ritrovammo a fissare il soffitto scevri dai mali del mondo.

18

La questione della signora Lampis era ormai diventata un'ossessione. Volevo scagionarla dall'accusa infamante che gli veniva attribuita e non sapevo come. Saltava agli occhi la sua sofferenza. La luce andava affievolendosi; lo notavo nel suo sguardo e nei movimenti. Accusava spesso dei mal di testa frequenti e vari dolori nel corpo.
Col morale a terra mi confessò che non vi era più ragione di vivere.
Per gran parte del giorno guardava la televisione in una apatia incolore, indifferente. Mi spiaceva.
E le galline parevano avvertire il suo disagio. Qualche piuma si posava sul pavimento. Cosa inusuale, segno di uno stress accomunato con la Signora.
Mi confessò le sue paure, le preoccupazioni nel piccolo parco, poggiata al bastone, poco fuori paese. Camminava stancamente strascicando i piedi.
Tentai in ogni modo di scuoterla sciorinando un repertorio di barzellette di cui ero nomato fra amici e conoscenti.
Margherita la coccolava, lei ristava seria, soprappensiero. Infine mi decisi e le accennai della macchina fotografica.
«Non ricordo bene, è da qualche parte in casa, ma non saprei dirvi dove.» Gli dissi della levetta e fece un cenno di indifferenza. Capivo o, tentavo di capire, il suo stato d'animo. Volevo sapere. C'era un filo che non riuscivo a seguire, una traccia sospesa nel vuoto, ma cosa?
«Sforzati - insistevo - hai vissuto il fatto.» Scuoteva il capo in una rassegnazione infinita. Poi successe. Ordinate, in fila, compite, come delle ballerine alla Scala, scesero dalla mensola dirigendosi davanti a un soppalco angolare posto in fondo al corridoio, sopra lo sgabuzzino ospitante gli attrezzi per la pulizia della casa.
«Tombola!» Esclamò Margherita.
I pennuti si disposero a semicerchio serrando il portello del soppalco in un coro di coccodè ritmato e gradevole. Le indicai a Matilde.
«Oh si, si ora ricordo è li, in mezzo alle cianfrusaglie.» Non sapevo cosa avrei ricavato da una vecchia macchina fotografica ma tanto valeva provarci.
La trovai incastrata in mezzo a delle lattine vuote, impolverata ed obsoleta. Ormai i cellulari avevano sepolto le vecchie e care macchine fotografiche col rullino. La levetta combaciava perfettamente col moncherino rimastogli. La osservai attentamente. Più che rotta la levetta era ad incastro. Si rimise a posto facilmente. Estrassi con cauzione il rullino riponendolo, poi, nella custodia. La macchina appariva in buono stato. La esaminai attentamente, riportandomi alla gioventù, e funzionava perfettamente.
«Non ci resta che sviluppare le foto.» Disse Margherita ostentando uno scetticismo velato di costernazione. Non credeva che ne avessimo ricavato gran che. Quelle parole prive di fiducia ed ottimismo mi indussero, per un

momento, a rinunciare. Poi considerai che fatto trenta...

Le galline si riposizionarono sopra la mensola. Ripresero il sonno interrotto.

Matilde volle andare a dormire... con le galline, distesa sopra il divano.

Lucy ci accolse in allegria acclarato da un pigolio costante ed un andirivieni lungo il salone. Quando vide la Canon si acquietò soddisfatta.

Il paese deserto pareva un villaggio abbandonato. Una luna piena si divertiva a creare, tra i vicoli e le case, ghirigori di ombre in movimento.

«Hai fame?» Chiesi a Margherita. Fece di no col capo.

«Debbo andare, mi sento stanca come se avessi sbancato una montagna. E poi...» Si arrestò come volesse dirmi qualcosa e l'avesse dimenticato.

Sentendomi solo e senza sonno mi versai un amaro e accesi la televisione. Nulla che potesse interessarmi od attirare l'attenzione. Optai per un libro "I figli del Nilo" di Wilbur Smith perdendomi fra le righe per la scarsa concentrazione.

L'orologio a parete segnava mezzanotte passata e mi assopii in un dormiveglia popolato da sogni di cui non ricordai nulla.

Dopo la mattinata lavorativa mi recai da Margherita. Non l'avevo vista in ufficio: un impegno improvviso. Sentivo la sua mancanza in ogni ora del giorno. Era diventato un punto costante nella mia vita. Stava china al computer.

«Ho dovuto assentarmi per via del conto in banca. Sono sorti dei problemi per fortuna risolti.» Mi disse. Notai l'affaticamento che le solcava il viso di solito liscio senza una ruga.

«Tutto bene?» Volli sapere.

«Si, ma da un po' di tempo mi sento a disagio.» Rispose senza dilungarsi troppo sulla domanda.

Accadeva un po' a tutti - pensai - con il cambiamento di stagione. Come per le galline. E in primavera è assai frequente avere dei bassi e degli alti sull'umore più che nelle altre stagioni. Forse col primo sole, coi fiori, e col polline disperso in aria.

«Non è che sei incinta» gli ripetei per l'ennesima volta. Ormai ero diventato una campana. Ma lo dissi sapendo che da un pezzo era in menopausa. Sorrise triste.

«Sai è come se lo fossi davvero - ammise - da quando mia figlia aspetta un bambino.» In quel campo ero ferrato e gli sciorinai un trattato.

«E' accaduto spesso ad un familiare di avere i sintomi della gravidanza al posto di un congiunto. E' sui bollettini di scienza e nelle interposte ricerche. Non hanno ancora scoperto la causa ma pare trattarsi di uno stretto legame psicologico, di empatia o di un legame di sangue.» Mi dilungai abbondantemente sulla questione con inverosimili supposizioni che erano, in buona parte, precipuamente fantasie popolari e a buon mercato.

«Vado in città per sviluppare il rullino, ma se non ti va di accompagnarmi lascia perdere.»

«Un attimo solo e sono da te.» La sua presenza mi dava quella sicurezza che mancava ad affrontare pienamente la vita.

Mentre il fotografo sviluppava le foto facemmo po' di spesa al market del centro commerciale indugiando, considerando e soppesando le mercanzie per i prezzi e le qualità. Ci scappò anche il caffè offertoci al bar da un conoscente che con le chiacchiere sarebbe passato Pasqua e Natale.

Poco dopo le foto erano pronte.

«Alcune sono sfocate ma abbastanza visibili.» Ci precisò il fotografo nel consegnarcele. Per la frenesia, la curiosità di esaminarle accelerai sensibilmente sulla provinciale.

Quelle sfocate riguardavano solo tratti paesaggistici, finché arrivai alle ultime tre. Ebbi un sussulto. La prima ritraeva chiaramente il momento della scivolata in cui Matilde cercava di afferrare il vuoto e solo metà del capo, la seconda, in rapida successione, metteva in risalto l'intera figura con le mani tese in avanti. Le inquadrature erano chiare e ben visibili.

Si notava nei tratti del viso la disperazione ed il terrore. La terza riprendeva, purtroppo, l'impatto dei piedi nella caduta fatale e le gambe allungate di Artemio in un disperato tentativo di aggancio, prima che scomparisse nel precipizio.

Alla domanda legittima di Margherita com'era stato possibile immortalare quelle sequenze risposi semplicemente, avendo già delineato la scena.

«Lo capirebbe chiunque - ripresi infervorato - a Matilde gli è sfuggito l'apparecchio e l'urto col suolo ha innescato la levetta degli scatti che poi si è staccata e che Lucy ha ritrovato.

In quel contesto assai sfortunato, è stata determinante la posizione fortuita e l'inquadramento casuale dell'obbiettivo. Un fotografo professionista non avrebbe fatto di meglio. Siamo a cavallo capisci? Prove che scagionerebbero l'intenzionalità della signora.» Mi abbracciò stretto, al settimo cielo.

«Che aspettiamo?» Mi prese per un braccio saltellando sulla stradina sterrata ebbra di gioia e convinzione.

19

L'avvocato Melandri non amava dilungarsi nei particolari e dare spiegazioni lunghe e tediose. Era uomo di fama, capace, e non dava certezze prima che avesse vinto una causa. Conosciuto per la sua onestà professionale ci mise immediatamente sull'avviso delle difficoltà che avrebbe incontrato nell'iter legislativo.
«Non è facile riaprire un processo ma si può fare.»
«Qualunque cosa avvocato, per la signora Lampis, è una brava persona.» Parve infastidito per l'affermazione.
«Non si tratta di essere più o meno morigerati, in tribunale contano prove e fatti.»
Prese in consegna le foto e la Canon. Le chiuse separatamente in due buste, ermeticamente sigillate. Stilò i verbali debitamente firmati da noi e da due testimoni.
«Sarete avvisati a tempo debito.» E ci congedò con un laconico arrivederci. Il più era fatto. Bisogna solamente aspettare.
Davanti ad un vassoio di pasticcini, un bicchiere di moscato e le galline intorno Matilde sembrava un po' rincuorata.
Lucy si mise al centro come un capo a dettare le condizioni. Ormai era diventata la nostra mascotte.
«Dio lo volesse.» sospirò la donna dopo averla informata della nostra iniziativa con l'avvocato.
«Credici - tentai di rincuorarla - e andrà tutto bene, ne sono certo.»
«Oh si, spero di assistere alla sentenza. Lo sento ragazzi, prima o poi si arriva al capolinea, ma sarei contenta se me ne andassi senza quel peso nel cuore.» Quelle parole mi sconfortarono nonostante l'aria di festa e la prospettiva di una soluzione positiva del caso.
In effetti la vedevo ogni giorno più stanca e depressa. Sembrava invecchiata di colpo, nel parlare, nei movimenti.
Seguirono giorni di stanca durante i quali iniziai i lavori per la ristrutturazione della casa. Mi stabilì temporaneamente da Margherita felice di avere a fianco una persona con cui confidare immediatamente i crucci e le gioie in certi momenti della giornata.
Scoprii che ero bravo o forse più di lei a cucinare senza dare un'eccessiva importanza alle mie capacità culinarie.
La figlia Monia aspettava al sesto mese di gravidanza ed era una femminuccia.
«Che ne pensi del matrimonio?» Le chiesi di punto in bianco nel riposino del dopo pranzo. Diventò seria ma i suoi occhi brillavano di piacere.
«Non è facile parlarne Silvio. Sai benissimo della mia precedente esperienza. Ma con te ho ritrovato quei valori che credevo perduti per sempre.»
Sapevo della sua separazione costellata di incomprensioni, di torti veri o

presunti e di altri non gratificanti episodi.

«Ho una figlia che presto mi darà una nipotina - riprese - cosa voglio di più dalla vita, ma tu non capisci. C'è altro di più importante oltre legarsi con una fede.» E rise.

«Cosa devo capire di grazia?» chiesi con una punta di risentimento.

«La cosa più essenziale a questo mondo per me, che ho te, sciocco d'un uomo.» Mi commossi e l'abbracciai teneramente. Si sentì lusingata. Si abbandonò su di me come una gattina felice e appagata. Ritornò pensierosa.

«Ora lasciamo passare un po' di tempo e se la proposta è sempre valida...»

«Potrei cambiare idea, ora mi sento ricco sfondato avendo vinto. Capisci?» Ridiventò seria e nei suoi occhi vidi una luce assassina. Letteralmente mi sganasciai dalle risate.

«Pan per focaccia - dissi - ora sei tu che non capisci. La presi come si fa ad una gattina imberbe. Sono ricco di te, la mia vera vincita sei tu sciocca di una donna meravigliosa!» Mai l'avessi detto. Fui sommerso da un tornado al femminile. Mi riebbi spossato e felice. Dopo un delizioso silenzio cambiai argomento.

«A volte mi chiedo se ciò che stiamo vivendo sia vero.» Arguì rispolverando vecchie filosofie.

«Qualcuno asserisce che il mondo sia tutta una finzione. Gli alberi, le piante, soltanto delle ombre che durano un soffio di vento.»

Lucy si intromise tra noi come una moglie gelosa, volgendo il capo ora all'uno ora all'altro e chiedendo più spazio. Chinò il capo sulla mia mano e si appisolò soddisfatta.

«E' vera anche lei, con le piume e le penne, le sue manie, le uova e la signora Lampis?» Sorrisi ironicamente.

«Fino a prova contraria, allora anche tu io siamo finti, so soltanto che il tuo russare non mi lascia dormire.» La buttai sullo scherzo. D'altronde russavo anch'io e le cose si pareggiavano.

«Mascalzone, essere abbietto, così tratti le donne?» E mi lanciò addosso un cuscino»

«E tu così a me, aguzzina violenta.» Gli rilanciai il cuscino.

Lucy si svegliò costernata e volò sopra il giaciglio.

«Non sapevo che sapesse volare.» Disse Margherita mentre Lucy si ricomponeva.

«Molte galline lo fanno, mia madre, ricordo, spuntava le ali.» Precisai.

«Ci pensi se noi avessimo le ali come hanno loro?» Margherita era in vena di divagazioni ma, d'altronde, non avevamo nulla da fare.

«Semplice semplice, saremo degli uccelli.» Risposi papale papale.

«Voglio dire con braccia e gambe ma con le ali incorporate» Risi.

«Abbiamo gli aerei e quant'altro, abbiamo già sopperito al problema, non credi?» Rispose stizzita.

«Con l'aereo è diverso. Stai lì, in apprensione, aspettando, talvolta

angosciato, trasportato da ali metalliche, fredde, ed il cielo, le nuvole , le stelle, il firmamento, ti sembrano quadri senza nessun valore. Con ali di piume, come gli uccelli, voglio dire, è tutt'altra cosa.» Rimasi pensieroso.
«In effetti - ripresi - hai ragione - chissà, forse tra un milione di anni, sai l'evoluzione...» Scoppiò a ridere sguaiatamente, senza ritegno, e mi fissava intensamente.
«Che c'è?» Chiesi interdetto. Si riebbe a fatica poggiandomi una mano sulla spalla.
«Niente un'idea, non ti offendi vero?» Lo ero già con la sua risata oscena.
«Ormai...» Riprese a ridere.
«Col discorso su ali, uccelli e aerei ti ho idealizzato in un corvo, secondo l'evoluzione, naturalmente.» Rimasi un po' in silenzio poi risi a mia volta.
«Già, con a fianco una cornacchia, sai che bella coppia.» Non si scompose.
«Me l'ero immaginato, ma avrei preferito una poiana.» Risposi senza imbarazzo.
«Io un pappagallo, sai quelli sul trespolo, coccolati e vezzeggiati.» Mi feci serio.
«Secondo le attitudini caratteriali, comportamentali, umorali molti svilupperebbero le ghiandole velenifere, come i serpenti. L'evoluzione asseconda e mette da parte le tendenze della natura.»
«E' probabile - riprese Margherita - nel mondo c'è troppo odio, invidia, violenza, rancore, acredine tra noi, e tanta incomprensione.»
Squillò il cellulare. Risposi.
«Signor Silvio, pronto, sono Piera del negozio abbigliamento. Stamattina, davanti alla serranda, ho trovato un gatto tigrato disteso sul davanzale. E' ferito. Forse è stato investito. Ho saputo che frequenta il vostro cortile.»
«Ginger!» Esclamai. Corsi invasato e giunsi in Via Eleonora. La signora Piera era china sul gatto. L'avevano posto sopra un panno morbido e respirava a fatica. Un filo di sangue gli usciva dalla bocca.
Lo sistemai nel trasportino telefonando immediatamente al dottor Loria, veterinario di zona. Arrivò quasi subito e, dalla sua espressione, capì che per Ginger c'erano ben poche speranze.
Volse lentamente il capo guardandomi con una sofferenza infinita. Piansi senza curami dei presenti. Era con me da otto anni. Il felino alzò debolmente la zampa come un addio senza ritorno. Mi si avvicinò cautamente il Loria.
«Non è la soluzione ideale per un medico, ma è meglio mettere fine alla sua agonia.» M'impuntai avendo perso ogni ragione.
«No!» esclamai, poi tornando in me gli chiesi quanto gli restava di vita.
«Non si può sapere, forse un'ora, un giorno, ma alleviargli di un solo minuto le sofferenze è già tanto.»
Mi guardai intorno smarrito, perso nel vuoto. Notai solamente l'assenza di Lucy. Davanti Ginger morente non m'importava di nulla.
Lasciammo in silenzio lo studio del veterinario.

Accasciato, è la parola giusta, sopra il divano in un'apatia simile all'incoscienza vedevo appena lo scorrere delle ore sull'orologio a parete. Ogni ticchettio della freccia era un rimbombo insopportabile.

Le prime ombre coprirono con un lenzuolo grigio il paese e si accesero i primi lampioni. Ginger ristava immoto. Forse era morto ma non osai toccarlo. Non volevo accettare la realtà. Bofonchiavo come un ubriaco, per lo sgomento, la rassegnata prospettiva per l'animale, per la sua morte imminente ed il sapermi impotente davanti ad essa.. Non so come mi colse una stanchezza infinita e mi addormentai.

«Ehi sveglia poltrone!» E una mano mi toccava ruvidamente la spalla. Margherita sorrideva divertita, tranquilla. Sul momento rimasi intontito perso nel vuoto. Ricordai ed un lampo doloroso mi attraversò la mente.

«Ginger!» Rigirandomi goffamente riuscì a mettere a fuoco le cose.

«Sta bene, rilassati.» Margherita lo accarezzava e lui pareva gradire. Mi catapultai verso di lui e altre lacrime, questa volta di gioia, m'inondarono il viso. Non smettevo di coccolarlo. Lo mangiavo letteralmente di baci.

«Smettila vuoi farlo morire davvero?» Mi resi conto delle galline. Stavano assiepate accanto a lui. Avevo tante domande da porre e da pormi. Margherita mi trasse d'impaccio e mi stilò il resoconto.

«Ieri al rientro ho visto Ginger morente e tu che dormivi sopra il divano. Non ho voluto svegliarti. Stamattina sono rimasta di sasso. Le galline coprivano il corpo di Ginger, assiepate in un mucchio di piume, penne e barbigli. Del gatto spuntava fuori solo la testa. Sono stata ad osservare preoccupata l'andazzo per quasi un'ora. Non sapevo che fare. Pensavo di andarmene, non volevo svegliarti e non volevo interrompere i pennuti. Sentivo qualcosa di strano nell'aria. Una piacevole sensazione di pace e serenità.»

Poi, improvvisamente, Ginger è saltato fuori dal crogiolo piumato, irritato, infastidito. E' corso come un matto dalla cucina al salone. Si è nascosto nello spazio tra lo sgabuzzino e la panca. Poi piano piano, guardingo è uscito, ha annusato a lungo le galline e mi è saltato in grembo.»

Rimasi muto per la sorpresa e soprattutto per la gioia di riaverlo vivo e in salute. Mille emozioni mi giravano in testa in un turbinio costante.

«Esco un momento.» Mi avvisò Margherita.

La consapevolezza che Ginger non fosse morto e qualunque ne fosse stata la causa, il motivo, non m'importava un'accidente. Ebbro di gioia uscii in cortile come a liberarmi da una fastidiosa e ingombrante corazza.

«E' pronta la colazione.» Margherita era rientrata. Sul tavolo torreggiava una torta multicolore, pasticcini, pizzette, ed i beveraggi come ad un ricevimento di gala. Composte, ordinate come al solito stavano le galline con tanti piattini davanti.

«Si diano inizio ai balli, musica maestro!» Incitò Margherita.

Fu un giorno indimenticabile. Mancava solo Matilde Lampis e me ne dispiacque. Ma le galline come erano giunte in casa, a quell'ora di notte.

20

La mattina dopo erano scomparse. Restava solo Lucy e guardava i Simpson, calma e distaccata.

Ginger, forse memore dell'incidente, passeggiava cautamente in cortile. Saliva sopra il muro di cinta, restava ad osservare i dintorni, ridiscendeva rientrando al giaciglio. Dormiva e ronfava per lunghe ore in una placida beatitudine felina.

Passarono i giorni e a Matilde gli si erano acuiti i malesseri. Gli riusciva difficile deambulare seppur aiutandosi con la stampella. Trascorreva la maggior parte del tempo distesa sopra il divano o nel letto.

Parlai accoratamente alle galline esortandole a guarire la loro padrona. Se era riuscito con Ginger, a maggior ragione, potevano farlo con lei. Con rammarico mi resi conto che con lei non avevano nessun interesse. Non volevano o non potevano e inutilmente me ne chiesi il motivo.

«Non ho mai chiesto nulla.» Mi disse nell'udire le mie preghiere. Ritenevo ingiusta la loro indifferenza. Possibile che non avessero un po' di riconoscenza? Infine era lei a nutrirle, a coccolarle, provvedendo ai loro bisogni e necessità. Le ingrate... Pensai, forse, chissà, non potevo giudicare e scagliare la pietra. Che ci fossero altre ragioni per cui le galline non usassero lo stesso metro? Ricacciai alle spalle il disappunto e ripensai ai tanti altri e misteriosi servigi resi. Sicuramente, per una ragione oscura e misteriosa, certe "funzioni" non rientravano nelle loro possibilità.

Tergiversando internamente sui pro ed i contro tornai al punto di partenza.

Passò circa un mese prima che sentissi al telefono l'avvocato Palmieri. Nel frattempo la restaurazione della casa era a buon punto. Chiesi notizie.

«Alcune buone e altre meno. Esordì un po' reticente. Il giudice delle indagini preliminari ha accolto la richiesta per la riapertura del processo, preso in carico le prove, ma la sentenza, sue testuali parole, non potrà essere piena ma con formula dubitativa.»

«Una piccola ombra, ma se più non si può avere meglio di niente.» Risposi rassegnato ma non deluso.

«A meno che... ed ebbe una pausa - non ci sia un fatto decisamente probante per la piena assoluzione della signora.» Sospirai. Si apriva uno spiraglio. Invero brancolavo nel buio ma, chissà, poteva venirmi l'idea giusta.

Riesaminai mentalmente il fatto della disgrazia, la conseguente caduta, e ricordai alcune cose. In primis il ragazzo corso in aiuto a Matilde, la Canon sfuggitagli di mano e lo stato di confusione creatosi. Il giovane abitava in un paese vicino. Non ne ricordavo il nome. Eppure Matilde ne aveva parlato da poco.

«Luigino Piras.» Pronunciò Margherita con un dire e un fare da farmi sentire vecchio.

«Voglio che sia scagionata completamente, la formula parziale non soddisfa né lei né me, se esiste una possibilità si deve provare. Ne sento il dovere ed il diritto.» Lei annuì.

Non fu difficile sapere notizie del Piras, tramite il collegamento tra anagrafi del vicino comune col quale ero in buoni rapporti. Il collega m'informò ch'era in Germania e risultava iscritto nell'elenco speciale degli emigrati all'estero.

La sera stessa gli telefonai. Rispose una voce timida, preoccupata, esitante.

«Si, ricordo bene quel fatto - mi disse - pensavo che mi avrebbe trascinato con sé nel burrone. Mentre l'aiutavo è riscivolata. Mi spiace non aver potuto testimoniare. Ecco io...»

«Non importa - lo interruppi - quel che è stato è stato, ma ora ha la possibilità di rimediare. Fra una ventina di giorni ci sarà l'udienza e avrebbe finalmente giustizia piena.»

Gli spiegai dettagliatamente i particolari tranquillizzandolo sulle spese del viaggio, e i necessari preparativi per il rientro in Germania.

«Qui ho famiglia, un lavoro, vedrò di fare il possibile. E sarei tanto contento per la signora se si riuscisse a scagionarla del tutto.»

Lo rassicurai ampiamente sulle logistiche ed i tempi necessari per una breve permanenza in loco.

Nei giorni successivi inoltrai una richiesta di nulla osta tramite l'avvocato Palmieri all'Ufficio emigrati stranieri. Tre giorni dopo ebbi risposta.

Il Piras sarebbe stato presente all'udienza. Ciò mi confortava sensibilmente, la signora soprattutto e per le mie personali aspettative.

Intanto Matilde si era ripresa e sbrigava le usuali faccende domestiche, con gran sollievo mio e di Margherita. Le galline gli si appressavano intorno chiocciando, strusciando, in un andirivieni inusuale.

«Hanno capito.» Considerò Margherita. La signora rideva e rimproverava bonariamente.

Nei giorni appresso la sua salute migliorò ulteriormente. La confortava il sapere di una riapertura del processo e delle buone possibilità di piena assoluzione.

L'udienza si svolse a porte chiuse ed il Piras espose dettagliatamente la testimonianza sulla vicenda. L'avvocato Palmieri produsse un'arringa pari alla sua fama ed il giudice, coadiuvato dalla giuria, emise la sentenza del "il fatto non sussiste". Di conseguenza Matilde ebbe piena soddisfazione, sentendosi in parte colpevole della tragica morte di Artemio .

Il Piras salutò parenti ed amici, e diramò nel paese l'esito del tribunale. La notizia si sparse a macchia d'olio. Lo ringraziai e ripartì per la Germania.

21

Pochi giorni dopo Matilde ricadde malata in preda ai dolori. Peggiorò sensibilmente mentre la campagna si vestiva di tinte dissimili. E la primavera, ormai alla fine, la vide morire in un meriggio profumato di erbe campestri, col sole appena una spanna dall'orizzonte.
Era stata dimessa dall'ospedale dietro suo desiderio, allo stremo ma totalmente cosciente.
«Mi sarebbe spiaciuto andarmene senza di voi, voi che mi siete sempre stati vicini. E poi le mie galline...» Stavano assiepate nella grande stanza da letto, tristi, con le piume e le penne raccolte. Parevano esprimere il loro dolore con un pigolio sommesso e tremolante, esternando una palese disperazione.
Spirò serena e, prima, ci volle rassicurare che ci avrebbe assistito da quel mondo invisibile e misterioso.
«Ho svolto la parte che mi è stata assegnata, non sempre bene, non sempre secondo i miei desideri, ma spero non abbia scontentato nessuno e chiedo perdono.»
Una piccola folla si era radunata nella veranda, alcuni consapevoli di avere agito ingiustamente trascinati da un immaginario distorto dai pregiudizi e da malafede.
Posarono mazzi di fiori all'ingresso e vegliarono fino a tardi.
Si udirono i muggiti lontani dei buoi ed il lamentoso belato delle pecore. Si levò una luna piena ed invece di una faccia ridente sembrava piangere sconsolata. Cani, in lontananza, ulularono per tutta la notte.
Ai funerali partecipò molta gente, del posto e dei paesi, vicini accomunati dalla pietà e per un doveroso addio al defunto.
Ora la casa era vuota. Le galline scomparse, di Lucy trovai solamente l'ultimo uovo ed un fiocco rosso. In fondo ove c'era lo spogliatoio avicolo la porta era spalancata. M'introdussi con un certo timore. Anch'esso spoglio di mobili ed il resto.
Non più le luci alle pareti, né quella sorta di camera iperbarica ed il cunicolo un lungo buco ora abbandonato.
Nei primi giorni ci accompagnò la tristezza, la malinconia, soprattutto ripercorrendo i luoghi ove era stata Matilde.
Rivedevo nel parco cittadino la sua figura seduta sulla panchina, le passeggiate nel viale alberato ove lei s'intratteneva gentile accarezzando i bambini nei passeggini. Ed altri posti sempre vivi nei nostri pensieri.
Finché vidi Margherita impazzita. Posò il cellulare e saltò a piè pari sopra il divano, più che cantare urlava di gioia, sprizzava scintille dagli occhi, e mi abbracciò in una spira serpentina togliendomi il fiato.
«E' nata, è nata la mia nipotina. Uhauuuu!» Sbalordito non sapevo che fare, che dire.
Pensai che la vita, dopotutto, si compensava. Se n'era andata l'erba vecchia

per quella nuova.

Prese a parlare freneticamente in una confusione e profusione di parole senza capirne gran ché. Riuscii solo ad afferrare la grande contentezza e qualche proposito sulla vita futura del neonato. Una bella bambina coi riccioli biondi.

Dopo circa un mese potei vederla in grembo alla madre, simile ad un salsicciotto, avvolta in un vestitino celeste e due occhi verdi di gatta.

La festa si svolse in un crescendo di allegria nella quale Monia, la madre, ringraziava automaticamente ciascun invitato. Meno Sabrina la quale disinteressata ai complimenti, si teneva sulle sue masticando il succhiotto.

Margherita, pareva lei la puerpera, non stava nella pelle marcandomi la guancia più volte con un bacio a ventosa.

Pensavo a Matilde e, chissà, se ci stava guardando da qualche parte del cielo. Sicuramente gioiva e, insieme a noi, assaggiava il moscato e assaporava la torta di fragole ed i pasticcini alla crema. E le galline, Lucy?

«Potresti tenermela per qualche istante - mi propose Monia - porgendomi la figlia.» Leggera e morbida come un pupazzo di peluche si accorse del cambiamento di mano. In effetti non ero pratico di come trattare i neonati e, sul momento, mi prese il panico.

Al suo pianto disperato accorse Margherita sollecita e attenta a qualsiasi variazione d'umore della nipote.

Assistetti al cambio dei pannolini sentendomi in colpa per averla indisposta in quel modo. Prima che lo notassi mi riprese Margherita con un tono di scusa.

«Volevo dirtelo ma ora puoi vederlo da te.»

E ciò che vidi mi lasciò esterrefatto. Nell'inguine si notava chiaramente una voglia a forma di pulcino.   Sicuramente sbiancai per la sorpresa e l'emozione mentre la bambina si era ripresa agitando le piccole membra con un sorriso felice.

«L'ultimo regalo di Lucy - commentai a freddo - ha voluto lasciare un ricordo.»

«Sicuramente.» Precisò Margherita. Ero contento quanto lei, comunque, che fosse venuta al mondo qualunque fosse stata la causa, il motivo o l'elemento scatenante il concepimento.

La festicciola ebbe termine in un crescendo di complimenti, di auguri, pasticcini, cicchetti, promesse e strette di mano.

Margherita bolliva di gioia e volle assicurarmi che niente e nessuno ci avrebbe mai diviso nel bene e nel male, sostituendosi al prete in una cerimonia di matrimonio già dichiarata.

Un mese dopo potei trasferirmi nella casa rimessa a nuovo. L'impresa era stata onesta e competente nell'eseguire i lavori.

I vecchi muri di mattoni crudi debitamente intonacati garantivano il fresco d'estate e il caldo d'inverno. Avevo ampliato il già grande camino e mai vi avrei rinunciato nonostante la messa in opera dei termosifoni ed il conseguente impianto a caldaia.

Ero nato dentro il camino, ci avevo vissuto, mi ero scaldato nelle fredde giornate invernali e vi avevo risposto i miei giocattoli di canna, la spada e la pistola di legno per le mie battaglie immaginarie.

Poi controllai i contatori dell'acqua, del gas e della luce. Non appena li sbloccai i numeri iniziarono a scorrere freneticamente. Pensai ad un guasto e chiusi le utenze senza nessun risultato.

La cosa durò circa mezz'ora poi ripresero la loro normalità. Chiudendo si arrestavano, aprendo segnavano il conseguente consumo.

Sul momento dimenticai la faccenda finché controllai le bollette di pagamento. Segnavano cifre con importi abbastanza significativi.

Le note allegate spiegavano le ragioni degli aumenti ingiustificati. Ma erano più che giustificati. Leggevo a chiare lettere che si trattava di consumi pregressi. Ed erano relativi al periodo in cui tenevo in casa Lucy. E lo sapevo, ero pienamente cosciente che stavo commettendo un'illegalità. In buonafede.

Mi si liberava un peso dal cuore e mi sentii sollevato e, finalmente, con la coscienza a posto. Ed era ciò che volevo.

Sicuramente Lucy non pensava di infrangere la legge, tutt'altro! Voleva rendersi utile, farmi un regalo, con intenzione convinta di fare del bene. In altro modo non saprei spiegare quali fossero i veri principi che la spinsero a rallentare i contatori.

Margherita si entusiasmò della nuova abitazione e volle partecipare alla scelta e disposizione dell'arredamento, collaborando in mia vece. Finché ricevetti una lettera del notaio.

EPILOGO

Il dottor Giuliani si rivelò un uomo bonario, aperto e ci accolse alla pari refrattario a qualsiasi convenevole di mielosa natura. Schiettamente ci espose il testamento della signora Matilde Lampis.

Riassumendo lasciava la casa con le pertinenze al signor Silvio Demuro, io, ed un deposito in denaro presso la banca.

Restava in sospeso il pagamento in arretrato di piccole somme di tributi locali. Ad onor del vero ero consapevole, prima della convocazione notarile, che avesse disposto i beni in mio favore ed in un certo qual modo mi ero già preparato e deciso cosa fare dell'eredità.

Con un passaggio formale, con lo stesso notaio, feci una donazione al comune con la clausola che l'immobile venisse destinato ad un asilo o una casa per anziani. Esistendo già in paese il primo l'ente optò per la seconda proposta.

La casa delle galline, come la chiamo ormai da tempo, è stata ritrasformata in uno stabile a due piani con un grande giardino intorno ove stazionano anziani assistiti da collaboratori specializzati.

Nel terreno intorno vi coltivano ogni sorta di erbe aromatiche per la cucina, in un comune intento di cooperazione. Matilde avrebbe sicuramente approvato.

Ci sposammo poco prima il Natale con una cerimonia in Comune semplice sobria con i soli testimoni, Monia con la figlioletta ed il marito.

Si concluse da Tonio, alla Pineta, poi la passeggiata sul lungomare. Il sole ad una spanna dall'orizzonte riverberava coi colori dell'arcobaleno sulla piatta superficie del mare.

Si levò contro il sole uno stormo di uccelli sostando a mezz'aria come un saluto. Ne contai sette come le galline della signora Lampis. Ma il disco d'oro le rendeva indistinte. Poi scomparvero in un ultimo battere d'ali oltre la linea dell'orizzonte.

«Lucy e le altre.» Mormorò Margherita stringendomi forte.

«Forse.» Risposi perso nell'aureola magica del tramonto.

Ripensai a quei dieci mesi trascorsi e quella sera in cui mi ero trovato con l'acqua a mezza gamba, sotto un diluvio, di fronte alla veranda e che ora mi sembrava un sogno lontano.

Gli anziani della struttura avevano costruito un pollaio e vi allevano numerose galline. Non come Lucy e le altre ma perfettamente normali. Sporcano, mangiano il becchime, razzolano la terra e cantano al mattino e alla sera. Precisai a Margherita.

In altre aree si nutriva un maiale, una mucca, tre pecore e qualche capra.

Insomma vi regnava la pace e l'armonia.

Dietro mia espressa richiesta, incluso nell'atto di donazione, volli che la casa di riposo fosse dedicata a Lucy e alle compagne con l'insegna posta all'ingresso a figura di sette galline. I visitatori chiedevano spiegazioni e, per esaudire quel giusto desiderio, fu messa una didascalia con una storia, che appariva fantastica, ma sapevamo vera io e la mia consorte.

«Sono incinta. Lo sono veramente.» Mi informò Margherita una sera d'autunno prossima ad un temporale. Calma e imperturbabile cuciva intenta e distaccata dal mondo.

Ero rientrato di pessimo umore senza capirne il motivo e la ragione. Uno di quei momenti in cui si vede nero a prescindere e non si ha voglia di uscire, di incontrare gente ma solamente di essere solo coi propri pensieri. Feci tutto il contrario. Mi ero recato al bar non per stordirmi col vino ma provare quanto si sia mal disposti verso se stessi. Incontrai Checco un perdigiorno che evitavano tutti, dato per scroccone e mal fidato. Stranamente gli pagai le consumazioni pari al costo di mezzo stipendio.

Prese a parlare della sua vita, dei suoi trascorsi in miniera e di come era stato piantato da una donna col doppio della sua età.

«Le volevo un bene da matti, la seguivo come un cagnolino, soddisfacevo ogni suo capriccio, e per ricompensa? coglione che sono!» La storia la conoscevano anche i morti talmente ne parlava in paese. Mi stufai di quella lagna, pagai ed uscii.

Bighellonai fino al vecchio cinema parrocchiale chiuso da anni. Quanti ricordi in quella sala gremita di grandi e piccini, di mamme, padri, giovinette col solo motivo di vedere il moroso e Don Paolo vigile ed attento a sbraitare come un armigero di lontana memoria. All'uscita si rimuginava sulle trame dei film, con la compassione di chi moriva in battaglia e l'esultanza per l'eroe vincitore. Ci si litigava perfino nel sostenere gli attori e le parti a difesa dell'uno o dell'altro. Passai oltre con un magone elefantiaco unito all'indisposizione che mi accompagnava fin dal mattino.

«Cosa?» Esclamai. Sorrise e lasciò il ricamo. Dallo stipetto trasse una cartella e me la porse. Lessi le poche righe delle analisi che confermavano il suo stato di gravidanza. Rimuginai. La guardai col cuore in tumulto.

«Sei in menopausa da quasi un anno, non potresti avere figli, a meno di un intervento...»

«Proprio così - confermò - ormai siamo abituati o no?» Rimasi tuttavia perplesso. Ma ero al settimo cielo. Dovevo ancora capire, rendermi conto che non si trattasse di un falso allarme.

«Ed il medico ti avrà detto...» M'interruppe decisamente.

«Secondo lui non vi è nulla di misterioso. Mi ha elencato casi in cui altre donne, ben oltre la mia età, sono rimaste incinte. E' raro ma non impossibile.»

«E tu ci credi?» Mi stavo calando in uno stato confusionale. Di gioia ed apprensione. Il pensiero di avere un figlio e di essere padre mi gonfiava d'orgoglio e di soddisfazione.

«Non so, forse un mix di mistero e di natura. Non sei contento?» Contento? Ero ben oltre la contentezza: sentirmi consapevole di una nuova responsabilità come quella di essere padre di mio figlio mi dava una sensazione inenarrabile, insostituibile, e mai provata prima. Esplosi. Feci il matto per tutta la sera fino a notte inoltrata. Ballai, cantai, uscii fuori in mutande, musica ad alto volume fino a che sentii delle voci e un colpo alla finestra. Abbassai il volume ma continuai fino al mattino. Margherita era a letto da un pezzo.

∧∧∧∧∧∧∧∧∧∧∧∧

A distanza di tre anni ho in cortile quattro galline normali, di cui una, Lucy, sporca, si comporta spesso da maleducata spargendo il becchime nell'aia. E odora a distanza. Pazienza.
Le uova hanno un sapore particolare di erbe aromatiche ed è facile capirne il motivo. Intorno al recinto ve ne crescono diverse specie e riescono a mangiarne abbastanza. Ne vanno matte.
Giuseppe razzola spesso insieme a loro, rosso e infervorato tenta di acchiapparle, inutilmente. E' un bel bambino coi capelli chiari e gli occhi castani come la madre. Di me ha la testardaggine e il naso un po' pronunciato. Ma è la gioia dei nostri meriggi. Il nome, abbreviato con Pino, spiaccica le parole e chiama i pennuti "lline", "Ucy" la rossa, e "ova" quando le prende in mano e, inevitabilmente, le rompe. Ma è una delizia averlo accanto.
«Lo stai viziando troppo.» Mi redarguisce lei. Ha ragione ma non riesco altrimenti.
Spesso ci rechiamo alla Casa di Riposo pensando che, forse, un giorno sarò lì ospite anch'io. Per il momento ci limitiamo a qualche banale conversazione di vita passata che distraggono gli anziani dagli immediati patemi esistenziali.
Col passare del tempo Giuseppe cresce come un seme su un terreno fertile, le sere ci sembrano meno melanconiche, e il sole più bello mentre tramonta dietro i monti lontani.
Spesso riandiamo ai ricordi sospesi tra la realtà ed il mistero.
Matilde riposa sotto una semplice lapide in marmo, attorniata dalle rose canine. Due date scolpite ne rammentavano la nascita e la morte sovrapposte a delle effigi a forma di gallinelle. Sette figure tutte bianche come le avevo viste l'ultima volta. In quei momenti, davanti alla tomba, m'intrattenevo e parlavo al vento per qualche minuto sistemando un mazzetto di fiori. Di frequente ci andavo da solo non ritenendo opportuno coinvolgere ancora Giuseppe, lasciandolo alle cure di Margherita.
La primavera all'indomani avrebbe lasciato posto all'estate e di mattina mi recai al cimitero per la consueta posa dei fiori. Per un momento pensai di avere sbagliato tomba. L'avevo creduto per via che le galline scolpite sul marmo da bianche si erano colorate di un azzurro mare.

———

85

Se il libro TI E' PIACIUTO regalaci una recensione a 5 stelle, a te costa poco ma per chi scrive e pubblica un libro vuol dire molto. Consiglialo ai tuoi amici, regalalo e fallo conoscere, **donerai alle persone le parole che in quel momento vogliono sentire.**

Se il libro non ti è piaciuto, non lasciare recensioni negative ma scrivi all'editore cosa non ti è piaciuto e perché, ci aiuterai a migliorare, per cercare di darti sempre il meglio, e inoltre aiuterai l'autore a crescere.

__Il mondo cambia grazie a piccoli gesti.__

__Diventa parte fondamentale insieme a noi di questo grande cambiamento!__

Jacopo Lupi Editore

Mail

lupijacopo@gmail.com

Whatsapp

3452294411